THE OMNIPOTENT
BRACELET

전능의 팔찌 2부 11

김현석 현대 판타지 장편소설

초판 1쇄 찍은 날 § 2024년 8월 23일
초판 1쇄 펴낸 날 § 2024년 8월 30일

지은이 § 김현석
펴낸이 § 서경석

총괄팀장 § 황창선
편집책임 § 양준
디자인 § 스튜디오 이너스

펴낸곳 § 도서출판 청어람
등록번호 § 제387-1999-000006호
등록일자 § 1999. 5. 31
어람번호 § 제1-3232호

본사 § 경기도 부천시 부일로 483번길 40 서경B/D 3F (우) 14640
편집부 § 서울특별시 구로구 디지털로 272 한신IT타워 404호 (우) 08389
전화 § 02-6956-0531 팩스 § 02-6956-0532
http://www.chungeoram.com
E-mail § chungeorambook@daum.net

ISBN 979-11-04-92518-4 04810
ISBN 979-11-04-92499-6 (세트)

전능의 팔찌

2부

THE OMNIPOTENT
BRACELET

김현석 현대 판타지 소설

전능의 팔찌 2부

THE OMNIPOTENT
BRACELET

목차

11권

Chapter 01

—

내가 해롭게 하는 거 봤어?

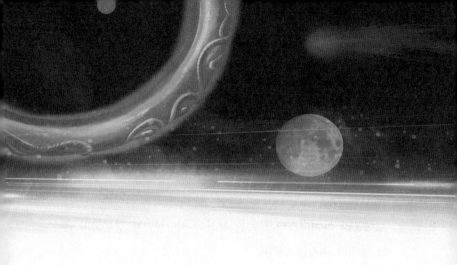

"거기가 어떤 곳인지 알고서 가자고 하는 걸까?"

콩고민주공화국은 대한민국 외교통상부가 가급적이면 발을 들여놓지 않기를 바라는 '여행 자제 지역' 이다.

현지 정세가 매우 어지럽고, 치안이 나쁘다 판단한 것이다. 실제로 여당과 야당이 치열한 정쟁을 벌이는 데다 수시로 반군이 준동(蠢動)하고 있다.

소매치기와 도둑이 많고, 강도를 만날 수도 있다.

하여 시내라도 걸어 다니면 안 된다. 대낮에도 차량으로만 이동해야 하며, 밤에는 반드시 문을 잠가야 한다.

안 그러면 다 털리거나 목숨을 잃을 수도 있다.

게다가 반군들이 장악한 동부와 동북부 일부지역엔 에볼라 바이러스까지 창궐하고 있다.

치사율이 무려 60%나 된다지만 현지 병원은 매우 허접하거나 아예 없으니 감염되면 무조건 죽는다고 생각하면 된다.

의료진을 급파하였지만 반군들이 장악한 지역에선 정부에서 파견했다는 이유만으로 보이는 족족 공격하고 있다.

에볼라 바이러스의 급속한 확산이 서방세력과 정부군의 음모 탓이라 여기는 것이다.

파악된 바에 의하면 이미 1,000명 이상이 목숨을 잃었다.

세계적인 의학저널 '란셋(The Lancet)'에 실린 설문조사 결과에 따르면 현지 주민의 45.9%는 에볼라 바이러스가 '실제로는 존재하지 않는다' 거나 '누군가 금전적 이익을 취하기 위해 날조되었다' 고 인식하고 있다.

참으로 무식하고, 한심한 노릇이다!

"아마 모를걸요."

"왜 그렇게 생각하지?"

"지난 이틀간 지윤 님이 무엇을 검색했는지 알거든요."

개인적인 디지털 공간을 들여다보았다는 뜻이다.

"그랬어? 뭘 알아봤는데?"

"그건… 말씀 못 드려요."

"왜지?"

"그건 지윤 님의 프라이버시 때문이니까 묻지 마세요."

"……?"

현수는 고개를 갸웃거렸다.

도로시가 이런 식의 대답을 한 경우가 없었기 때문이다.

기억을 더듬어보았지만 떠오르지 않아 고개를 갸웃거릴 때 도로시의 말이 이어진다.

"폐하! 아파트의 가구며 가전제품, 그리고 살림살이들을 누가 채워놓았는지 아세요?"

"그거 혹시… 지윤이 그런 거야?"

"어머! 어떻게 아셨어요?"

"이사했다고 해서 23층에 한번 갔었잖아. 그때 느꼈던 분위기하고 아주 흡사하거든."

처음 들어가 본 지윤의 아파트는 아기자기 그 자체였다. 누가 봐도 꿈 많은 처녀의 방이라는 느낌이 들었다.

현수의 아파트 역시 비슷한 상황이 되어 있다. 각종 인형이나 꽃 장식 같은 것만 없을 뿐이다.

"그럼, 그거 돈은 누가 치른 건지 아세요?"

"천지건설 돈 아냐? 법인카드 줬다고 들었어. 근데 그걸 사적인 용도로 써도 되는 건가? 나중에 문제 되지 않겠어?"

"아닌데요! 지윤 님 본인 신용카드로 결제하셨어요."

"엥? 왜? 왜 자기가 돈을 내? 내 아파트인데."

"그야… 지윤 님의 속내를 제가 어찌 알겠어요?"

도로시는 잠시 망설이는 듯한 뉘앙스를 풍겼다. 뭔가 알고는 있는데 말은 못 하는 그런 느낌이었다.

"아무튼 그래요. 어! 저기 오시네요."

시선을 돌려보니 공항 수하물 카트에 캐리어를 수북이 얹은 지윤이 보인다. 28인치 캐리어를 무려 5개나 얹었는데 혹시라도 쓰러질까 싶었는지 조심조심 다가오고 있다.

"허~ 얼! 어디로 이사 가? 웬 짐이 저렇게 많아?"

10월의 킨샤사 기온은 최저 21.3℃이고, 최고는 31.1℃이다. 춥지 않으니 두꺼운 옷은 필요 없다. 하여 현수의 짐이라곤 24인치 캐리어 하나뿐이다.

반면 지윤은 온갖 물건들을 바리바리 싸 들고 왔다.

캐리어 두 개는 오뚜기밥과 각종 통조림, 그리고 3분 카레 같은 레토르트 식품들과 과자 등으로 가득 채워져 있다.

아껴 먹으면 둘이서 한 달은 충분히 먹을 분량이다.

또 다른 하나에는 전자모기채와 모기향, 물파스, 모기 기피제, 벌레에 물렸을 때 바르는 약 등 약품이 들어 있다.

여기엔 뱀들이 싫어하는 백반도 있으며, 오염된 물에 넣으면 살균, 소독과 더불어 정수까지 되는 아쿠아 탭스도 있다.

이밖에 휴지, 비누, 치약, 칫솔, 샴푸, 린스, 바디샴푸 및 자외선차단제 등 화장품도 잔뜩 가져왔다.

네 번째엔 팬티, 브래지어, 스타킹, 수영복 등으로 채워졌고, 다섯 번째는 망사가 달린 모자 등이 빈틈없이 들어 있다.

패션쇼를 해도 될 정도이다.

하여 지윤의 아파트에 있는 서랍장은 텅텅 빈 상태이다. 안에 담긴 것 거의 전부를 싹 쓸어 온 결과이다.

"어? 벌써 오셨네요. 늦어서 죄송해요."

"괜찮아! 근데 이거 다 지윤 씨 짐이야?"

"네! 준비할 게 많더라고요. 전무님 짐은요?"

"내 건 이거……! 자, 이제 가지."

현수는 지윤의 수하물 카트에 맨 위에 놓여 떨어질까 불안불안하던 캐리어를 내려 양손으로 끌었다.

한결 가뿐해졌는지 종알거리며 따라온다.

"근데 어떤 비행기를 타고 가요? 검색해보니까 요즘 외국 나가는 거 되게 어렵다고 하던데……."

에이프릴 증후군 때문에 여행업계는 찬바람이나 북풍한설 정도가 아니라 아예 블리자드[1]를 만났다.

원래 2016년 7월부터 9월까지의 입 ? 출국 인원수는 아래와 같았어야 한다.

	7월	8월	9월	합계
입국	1,703,495	1,664,303	1,523,928	4,891,726
출국	2,086,068	2,064,241	1,904,524	6,054,833

---

1) 블리자드(Blizzard): 풍속 14m/s 이상, 눈으로 인한 시정(視程) 150m 이내, 기온 -12℃ 이하로 떨어지는 폭풍설을 지칭하는 미국 기상 용어. 남극에서는 빙관으로부터 불어오는 맹렬한 강풍

그런데 에이프릴 증후군 때문에 아래와 같이 바뀌었다.

	7월	8월	9월	합계
입국	8,624	445	187	9,256
출국	11,231	811	188	12,230

9월의 입 ? 출국자는 아제르바이잔으로 출장을 갔다 온 천지건설 임직원들뿐이다.

입국자와 출국자 숫자에 차이가 있는 건 현수가 되돌아오지 않았기 때문이다.

어쨌거나 입 ? 출국 인원이 1,094만 6,559명이어야 하는데 2만 1,486명으로 감소했다. 무려 99.8%나 줄어든 것이다.

이 정도면 거의 전부이다. 하여 여행업계는 모조리 망했고, 숙박업계 역시 마찬가지이다.

갓 결혼한 부부들은 해외여행이 불가능해지자 신혼여행을 뒤로 미루거나 설악산이나 제주도 등 국내 여행지로 걸음을 옮길 수밖에 없다.

현재는 외국에서 한국으로 오는 항공기가 전혀 없다. 마찬가지로 외국을 향해 이륙하는 비행기도 없다.

그런데 콩고민주공화국으로 출장을 간다 하니 뭔가 이상하여 검색해보았던 모양이다.

비행기 티켓은 아예 팔지 않는다. 외국으로 뜨는 비행기가 아예 없으니 당연한 일이다.

"그건 가보면 알지."

인천공항은 승객이 없어서 텅텅 비어 있는 상황이다. 하여 출국 수속이고 뭐고 할 것도 없이 순식간에 끝나 버렸다.

수하물은 원래 화물칸으로 보내야 하는데 현수는 보딩 브릿지[2]로 그냥 끌고 들어갔다.

지윤도 얼떨결에 수하물 카트를 밀며 따라왔다.

"어라! 짐은 따로 안 실어요?"

"응! 괜찮아. 타보면 알아."

"그래요⋯⋯?"

지윤은 고개를 갸웃거리며 비행기 안으로 따라 들어왔다. 대기하고 있던 스튜어디스들이 정중히 예를 갖춘다.

"반갑습니다. 어서 오십시오."

"아! 수하물 카트는 저희가 반납하겠습니다."

짐은 짐칸에 실어야 한다는 말을 들을 것이라 예상했던 지윤은 이래도 되나 하는 표정이다.

그러는 사이에 28인치 캐리어는 모두 기내로 반입되었다.

그렇게 비행기 안에 발을 들여놓자 기장과 부기장이 깍듯한 예를 갖춘다.

"어서 오십시오. 기장 서정현입니다. 콩고민주공화국까지 편안히 모시겠습니다."

2) 보딩 브릿지(Boarding Bridge): 공항과 항구에 설치된 승객 탑승용 다리. Jet Bridge라고도 함

"반갑습니다. 부기장 곽성호입니다."

"네! 저도 반갑습니다."

"……?"

지윤은 가족여행으로 제주도를 몇 번 다녀왔다.

하지만 기장, 부기장이 대기하고 있다가 이렇듯 정중히 예를 갖추는 상황은 한 번도 접해보지 못했다. 하여 얼떨결에 고개를 숙이고는 얼른 현수의 뒤를 따랐다.

"이쪽으로 오십시오."

안에 있던 승무원의 손짓대로 왼쪽으로 들어갔더니 1등석 6개가 보인다. 정식 명칭은 코스모스위트 2.0이다.

이 비행기에는 48개의 프레스티지 스위트가 더 있고, 314석의 뉴이코노미까지 있으니 모두 합쳐 368석이다.

"저희가 편안히 모시겠습니다."

"필요한 게 있으시면 언제든 말씀해 주십시오."

승무원들은 더할 수 없이 정중했다. 현수는 가볍게 고개를 끄덕이고는 중간쯤에 앉았다.

"지윤 씨! 아무 데나 편한 데 앉아."

꿔다 놓은 보릿자루 같던 지윤은 멍한 표정이 되었다. 비행기는 미리 정해진 자리가 있다는 것이 상식이기 때문이다.

"네……? 어떻게 하라고요?"

"아무 데나 편한데 골라잡아 앉으라고."

"저어… 비행기는 정해진 자리가 있는 게 아닌가요…?"

지윤의 말은 중간에 잘렸다.

"이 비행기는 내가 전세를 냈어. 승객이라곤 지윤 씨와 나 이렇게 딱 둘뿐이니까 아무 데나 편히 앉아도 돼."

"네에……?"

지윤은 세상에서 제일 멍청한 표정을 짓는다.

368명이 승객이 탈 수 있는 비행기를 딱 둘만 타고 간다니 잠시 뇌의 회로가 엉킨 모양이다.

지윤도 자리 잡고 앉자 기장의 안내방송이 있었다.

목적지까지의 거리 및 시간을 알려주었고, 편안히 모시겠다는 말로 끝맺음했다.

이륙하여 고도를 잡자 안전벨트를 풀어도 된다는 표시등에 불이 들어왔다. 곧바로 스튜어디스가 다가와 어떤 음료를 드시겠느냐고 상냥히 물었다.

현수는 사과주스, 지윤은 커피를 원했고, 금방 서빙되었다.

"전무님! 뭐 좀 물어봐도 돼요?"

"웅! 근데 너무 세게 물면 아프니까 살살 물어."

지윤은 아재개그에 피식 실소를 머금는다.

"칫! 아재도 아니시면서……."

실제 나이는 서른하나일지 몰라도 현수의 겉모습은 누가 봐도 스물다섯이다.

"서른하나면 아재 아닌감? 인터넷에서 보니까 요즘 애들은 그런다고 하던데."

"에이, 누가 그래요? 난 한 번도 못 봤는데."

말은 이렇게 했지만 어디선가 본 듯하기도 하다.

요즘은 20대 초반 아이돌 전성시대이다.

이들에 푹 빠져 있는 10대 아이들은 좋아하는 오빠가 평생 그 나이에 머물 것이라 여긴다.

하여 계란 한 판만 넘으면 아재라고 하는 것이다.

"어떤 사이트에서 우연히 봤는데 그러더라. 서른 넘으면 '아재', 마흔 넘으면 '꼰대', 쉰 넘으면 '노땅', 육십을 넘기면 '할배', 칠십 넘으면 '틀닭'이라고 구분해 놨어."

"네? 틀닭이요? 그게 뭐래요?"

"틀니 닦는 노인네라는 뜻이래."

"어휴! 싸가지 없는 것들… 근데 팔십 넘기는 건 없어요?"

"왜 없겠어. '살체'라고 하던데?"

"에……? 살체는 또 뭐예요? 처음 들어요."

"살아서 걸어 다니는 시체! 그러면서 좀비는 죽었는데 걸어 다니는 시체라고 따로 구분해 놨더라고."

"요즘 애들은 하여간……! 지들은 영원히 안 늙을 거라고 생각하나 봐요."

지윤은 소위 신세대라 일컬어지는 아이들이 하는 짓이 마음에 들지 않는다.

사내 녀석들은 게임에 빠져서 허우적거리고, 계집애들은 화장과 연예인에만 관심이 있다.

하라는 공부는 완전히 뒷전이라 선배들에 비하면 현저하게 학습량도 부족하고, 아는 것도 부족한 녀석들이다.

간혹 학교 폭력이나 왕따 등의 사유로 자살하는 아이들이 있는 건 안타깝지만 하는 짓을 보면 괘씸하기 이를 데 없다.

하여 일부러 거들떠도 안 본다.

그런데 이상한 말이나 만들어서 기성세대를 조롱하는 행태를 접하자 괜스레 짜증이 났다.

* * *

"안 늙기는. 걔들도 금방 아재 되고, 꼰대가 되며, 노땅이 되고, 틀딱이었다가 살체가 돼."

이건 100% 경험에서 우러나오는 말이다.

현수는 상당히 많은 후손들이 태어나서 성장하다가 늙어서 죽는 모습을 보았다.

그중엔 권지현과의 사이에서 얻은 김철, 강연희가 낳은 김현, 그리고 이리냐의 딸 김아름도 포함되어 있다.

귀엽던 아이들은 금방 어른이 되었다. 그러다가 이내 노인이 되더니 어느새 곁을 떠나 버렸다. 돌이켜 보니 그 아이들과 함께했던 세월은 찰나처럼 느껴질 정도로 짧았다.

그리고 2,700년쯤 지나서 이젠 아득한 기억 너머에 있다.

"그나저나 어떻게 해? 지윤 씨도 이제 2년만 지나면 아재,

아니, 아줌마가 되네."

"네에? 제가 아줌마가 된다고요? 끄~응!"

지윤은 2년만 있으면 서른이라는 소리에 온몸에서 소름이 돋았다. 듣는 것만으로도 끔찍하다 생각한 것이다.

그보다는 아줌마라 칭해진다는 것이 싫었다.

"전 절대로 아줌마는 안 될 거예요."

"엥? 혼자 안 늙으려고? 하긴, 지금 보니까 스물너덧으로밖에 안 보여."

"그, 그래요?"

"어떻게……? 내가 안 늙는 연고라도 발명해 줄까?"

"…그러실 수 있으면 정말 그래주세요."

지윤은 E—GR(Elixir—Gene Remediation)을 복용한 바 있다.

그걸 복용하고 사흘 동안은 출근하지 못했다.

체내의 모든 노폐물이 빠져버리면서 아주 고약한 냄새가 났기 때문이다. 그와 동시에 불필요한 지방도 배출되었다.

그러는 사이에 이미 이상이 발생되어 있던 유전자와 향후 이상이 발생될 확률이 있던 유전자들이 모조리 교정되었다.

비슷한 시기에 E—GR을 복용한 권지현과 강연희는 임신 중이었다. 하여 본인은 물론이고, 태어날 아기의 신체까지 같은 효과가 작용하였다.

기형아가 태어나고 싶어도 그럴 수 없는 상황을 만들어버린 것이다. 아울러 어떠한 유전병에도 걸리지 않는 신체가 되었다.

가장 순도가 높은 엘릭서—화이트(E—W)에 유전자 교정이라는 특수효능이 추가된 결과이다.

어쨌거나 모든 생체엔 유전자가 있고, 그중 하나가 노화 유전자(Aging Gene)이다.

세포나 개체의 노화현상을 주관하는 것이다.

그런데 E—GR에는 에이징—락(Aging—lock) 기능이 있다.

그런데 완전하지 못하다. 하여 노화를 완전히 멈추게는 하지 못한다. 대신 천천히 진행되도록 한다.

아무튼 김지윤, 권지현, 강연희, 그리고 다이안 멤버는 모두 E—GR을 복용했다.

하여 이들의 수명은 약 250살 정도로 늘어났다.

50살까지는 거의 현재의 모습일 것이다.

그러다 차츰차츰 늙어서 100살이 되면 33~34세, 150살엔 43~44세, 200살엔 53~54세의 모습일 것이다.

200살이 넘어가면 급격히 노화가 진행되어 매 10년마다 5살쯤 더 늙은 모습이 된다. 하여 250살이 되면 호호백발인 꼬부랑 할머니의 모습이 될 것이다.

중간에 현수가 마법을 되찾게 되어 9서클 안티—에이징 마법을 구현시킬 수 있게 되면 더 이상 늙지 않게 된다.

10서클 리버스—에이징이 구현되면 거꾸로 점점 더 어려져 250살이 되어 사망할 때에도 22~23세의 모습이 된다.

그전에 마나 클리닝(Mana Cleaning)이 이루어지면 수명이 더 늘어나게 될 것이다. 참고로, 마나 클리닝은 신체에 스며들어 있는 마나를 재정립시키는 것이다.

마나 배열의 탈태환골이라 이해하면 된다. 아무튼 이 마법은 현수가 창안해 낸 9서클 마법이다.

이제 E—RG은 딱 한 병만 남았을 뿐이다. 누가 복용하게 될지는 아직 아무도 모른다.

"알았어. 심각하게 고민해 보지."

"네! 부탁드려요."

말은 이렇게 했지만 큰 기대는 하지 않는다.

현수가 의사이기는 하지만 사람이 늙지 않는 연고를 발명할 것이라곤 전혀 생각지 않기 때문이다.

"그나저나 제가 알기론 격리된 공간에서 일정기간 관찰 대상으로 지내야 출국 허가가 떨어지거든요. 근데 어떻게……?"

지윤의 말은 중간에 잘렸다.

"그랬지. 얼마 전까지는! 근데 한국 국적자는 그거에 상관이 없어. 쉽게 얘기하자면 한국인은 출국 못 했어."

"네에? 왜요?"

"그때는 한국인만 에이프릴 증후군에 걸렸으니까."

"어! 그럼 그게 바뀌었나요?"

"응! 시리아 등 중동 지역과 필리핀과 만주 등지에서도 에

이프릴 증후군 환자들이 생겼다잖아."

인터넷을 자주 했으면 알 만한 뉴스이다. 그런데 지윤은 요즘 다른 데 정신이 팔려 있어서 그러한 사실을 모른다.

"아! 그래요? 그럼 어떻게 바뀐 건데요?"

"지금은 국내에 머물고 있는 외국인도 출국 금지야."

"헉―! 그럼 우린 어떻게……?"

현수는 국내에 머무는 외국인이고, 본인은 한국 국적자이다. 따라서 둘 다 출국이 안 되어야 한다.

그런데 아무런 제지도 없이 너무도 쉽게 공항을 통과했기에 물은 말이다.

"우리 둘은 콩고민주공화국 정부에서 특별히 입국을 허락을 해서 출국하는 거야."

"… 그럼 여기 계시는 승무원들과 기장님은요?"

"킨샤사 은질리 국제공항에 도착하면 우리가 출국할 때까지 격리시설에 머물러야 할 거야."

"우, 우리는요?"

격리라는 말에 다소 겁을 먹은 표정이다.

"우리야 손님이니까 간단한 검역만 받고 시내로 들어가지."

"아……! 일이 있으니까요?"

"그래. 그쪽 정부에서 내게 볼일이 있어서 가는 거니까."

"네에, 알았어요."

지윤과 현수는 이런저런 대화를 나눴다.

그러는 동안 승무원들이 들락날락하며 음식과 음료 등을 가져다주었다.

절세미녀가 동승해서 그런지 어느 누구 하나 허튼 몸짓을 하지 않았다. 자신들보다 월등하니 어쩌려는 마음조차 먹지 않은 것이다. 다만 뒤쪽에서 수군거렸을 뿐이다.

"누구지? 누군데 이 큰 비행기를 전세 내서 둘이 타고 가?"

"그러게! 나도 궁금해. 재벌 2센가?"

"그렇겠지. 그나저나 저 여자 되게 예쁘지 않아?"

"그래! 엄청 예뻐. 봄에 드라마 대박 났다고 발리로 여행 갔던 팀 기억나지?"

"그래, 그때 탔던 배우 최소현 정말 예쁘더라."

"나도 그랬어. 근데 저 여자랑 비교하면 누가 낫냐?"

"그야……! 난 저 여자에게 한 표."

"나도 저 여자가 더 예뻐. 최소현보다 어린 거 같은데 기품이 느껴져. 마치 고고한 귀족 같아. 안 그래?"

"그래? 난 왕족 같던데. 그나저나 누굴까? 엄청 예쁜데."

두 승무원이 이런저런 대화를 주고받고 있을 때, 와인 셀러(Wine Cellar)로 갔던 선배 승무원이 다가왔다.

"선배! 1등석 손님 너무 예쁘지 않아요?"

"그래! 내가 여태 보았던 손님 중에서 제일 예쁜 거 같아."

"그렇죠? 근데 혹시 누군지 아세요?"

"너희도 궁금해? 나도 아까까진 몰랐는데 지금은 알아."

"네? 정말 알아요? 누군데요?"

"잠시만……!"

선배 승무원은 휴대폰을 꺼내 뭔가를 검색하더니 후배들에게 보여주었다.

조인경과 김지윤은 부장으로 진급한 직후 계열사 소식을 전하는 사보(社報) 기자를 만나 인터뷰한 바 있다.

그때 찍힌 사진을 보여준 것이다.

"헐~! 천지건설 부장님이야?"

"그러게. 되게 어려 보이는데."

"그럼, 천지그룹 회장님 손녀인 건가?"

"야야! 전무이사 비서라잖아. 회장 손녀를 누가 비서로 데리고 있어?"

"그런가? 그럼 누구지?"

"가만 있어봐. 기사 좀 보고."

사진 아래엔 조인경과 김지윤이 불과 6개월 만에 대리에서 부장이 된 신데렐라 스토리가 쓰여 있다.

제주도 유니콘 아일랜드 일괄매각, 양평 비사업용부지 일괄매각, 향남아파트단지 일괄매각, 아제르바이잔 유화단지 건설공사 수주, 아제르바이잔 신행정도시 건설공사 수주에 관한 내용이 자세히 기술되어 있었다.

"와아! 포상금으로 77억 4,000만 원이나 받았대. 조인경 부장이라는 사람은 38억 7,000만 원을 받았고."

"정말? 끄~ 응! 진짜네."

"항공사 말고 천지건설에 취직했어야 하는 거였네."

"그러게. 이 회사는 포상금도 엄청나게 많이 주네."

승무원들은 입을 딱 벌렸다. 포상금 지급액이 그들의 상상을 초월했기 때문이다.

"헐! 근데 둘 다 서울대학교를 졸업했네."

"쩝……! 할 말이 없네. 둘 다 이렇게 예쁜데 공부도 엄청 잘했다는 거잖아. 지금은 돈까지 많고. 그렇지?"

"그러게. 38억이면 연봉 1억인 사람이 38년 동안 버는 돈이야. 77억이면 2억씩 38년하고도 반년을 더 버는 거고."

"올해 초까지 대리였으면 아직 서른도 안 된 거 같은데 남들 평생 벌 돈을 벌써 다 번 거네. 부럽다, 부러워."

"나도……!"

승무원들은 지윤에 대한 정보를 주고받았다.

결론은 '부럽다' 로 끝났다. 미모, 몸매, 학력, 지위 모두 월등하니 시기하거나 질투할 대상이 되지 않았다.

"근데 일등석 남자 손님은 누굴까?"

"그러게 김지윤 부장보다 윗사람인 거 같던데."

"글쎄? 이연서 회장님 손자가 아닐까?"

"그건 아냐! 승객 명부에 하인스 킴이라고 쓰여 있었어."

"하인스 킴이라면 외국식 이름인데 성이 김씨면 이연서 회장이랑은 관계없는 거 아냐?"

"외손자는 있을 수 있지."

"아! 외손자… 그래, 근데 누구 아들일까?"

승무원들은 당장 할 일이 없다.

예전이라면 300명이 넘는 손님들의 요구를 들어줘야 하지만 지금은 손님이라곤 달랑 두 명뿐이다.

둘은 조금 전에 식사를 마쳤고, 후식과 음료수까지 제공했으니 당분간 호출 벨을 누르지 않을 것이다.

하여 삼삼오오 모여서 현수의 정체 파악에 돌입했다.

이연서 회장의 외손자일 것이라는 의견이 80%였다.

젊고 예쁠 뿐만 아니라 똑똑한 조인경과 김지윤을 비서로 데리고 있으면서 둘 중 하나를 고르라는 의도라는 것이다.

나머지 20%는 그랬다간 회사 내에서도 욕을 먹을 것이니 그렇지 않다는 의견이다.

하여 80% 쪽이 물었다.

"그럼 누군데?"

"그걸 우리가 어떻게 알아? 암튼 그렇다는 거지."

닭이 먼저인지 달걀이 먼저인지처럼 끝나지 않는 논쟁은 계속되었다.

그러는 동안 비행기는 목적지를 향해 순항했다.

위성들은 비행코스 주변의 모든 통신을 감청하고 있고, 광학스텔스 기능을 켠 채 비행기 곳곳에 자리 잡고 있는 신일호 형제들은 사주경계에 돌입해 있다.

물론 도로시가 이들을 진두지휘한다.

한국에서 보잉 747-8i가 이륙하자 세계는 잠시 긴장했다. 에이프릴 증후군 때문이다.

그러다 탑승객이 하인스 킴과 비서라는 사실이 알려지자 이목의 집중도는 가일층 높아졌다.

세계 최고의 부자가 어디로 가는지 알고 싶은 것이다.

"전무님! 거기 숙소는 얼마나 열악해요? 막 푸세식 화장실을 써야 하고 이런 건 아니죠?"

아프리카라고 하면 가난한 후진국을 떠올리게 마련이다.

제대로 된 집도 없고, 식수를 얻으려면 몇 시간씩 걸어야 한다고 생각하기 쉽다.

물론 도시가 아닌 곳을 가면 그렇지만 적어도 킨샤사는 그렇지 않다. 현대식 호텔도 여러 개 있는 도시이다.

지윤은 안 가봤으니 당연히 모른다.

"푸세식? 아! 그거……!"

정말 오랜만에 들어보는 말이라 잠시 멈칫했다. 지윤은 현수가 남아공 사람이라 처음 듣는 어휘인 것으로 착각했다.

"수세식 말고 있잖아요. 구멍만 뚫어놓은 거요."

"알아! 알아. 근데 그건 왜?"

"저는 화장실이 지저분하고 이러면 되게 불편하거든요."

한국 여성 중 상당수가 이러해서 지저분한 화장실에선 용변을 보지 못하는 경우가 많다.

십수 년 전, 지나로 여행 갔던 어떤 부부가 있었다.

관광길에 나섰던 부부는 여기저기를 둘러보던 중 화장실이 필요한 상황이 되었다.

그때 아내가 본 것은 아무런 칸막이도 없고, 그냥 구멍만 여러 개 뚫려 있는 푸세식 화장실이다.

아내 입장에선 남들의 시선이 있다는 것도 그렇지만 냄새도 심하고, 너무나 더러워서 도저히 용변을 볼 수 없었다.

하여 남편에게 호텔로 되돌아가서 볼일만 보고 금방 되돌아오겠다고 했다.

잠시 후 택시를 타고 사라진 아내는 돌아오지 않았다. 기다리다 지쳐 호텔로 가봤지만 아무도 없었다.

불안감을 느낀 남편은 즉시 실종신고를 했지만 공안들은 그리 대수롭지 않은 일처럼 대꾸했을 뿐이다.

며칠 후, 시내 외곽 개천가에서 아내의 시신이 발견되었다.

신장, 간, 폐 등 모든 장기가 사라진 상태였으며, 안구까지 모두 적출된 참혹한 모습이었다.

화장실이 멀쩡했다면 당하지 않았을 참사이다.

콩고민주공화국은 아프리카에 소재한 국가지만 얼마 전의 지나처럼 화장실이 지저분하고, 더럽지 않다.

공중화장실이라 할 만한 것이 없을 뿐이다.

어쨌거나 호텔에는 현대식 화장실이 있다.

"그래? 근데 생각보다 더럽진 않을 거야."

"휴우~! 다행이네요."

Chapter 02

—

대일무역수지 역전

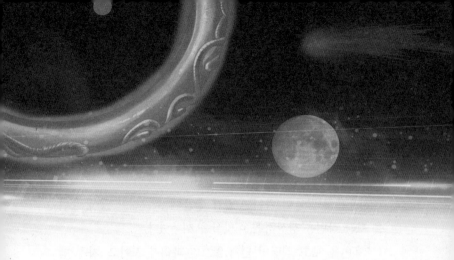

　지윤의 부모는 1990년대에 지나 여행을 다녀왔다.

　그때 음식이 입에 맞지 않아 고생이 심했다고 하는데 그보다는 화장실 때문에 더 힘들었다고 하셨다.

　호텔 밖으로 나가면 구멍만 뻥뻥 뚫린 화장실에 쪼그리고 앉아 용변을 봐야 했던 것이다. 칸막이도 없고, 남녀 구분도 없이 섞여 있어서 몹시 민망했다고 한다.

　게다가 엄청나게 더럽고, 냄새도 장난이 아니었다.

　지윤의 모친께서는 분뇨가 수북하게 솟아 있는 모습을 보곤 다음 날 외출을 포기하고 일찍 귀국하자고 졸랐다.

　그때의 지나 같을 것이라 생각했던 모양이다.

"다행이 아닐걸."

"네……? 왜요?"

"숙소 밖으로 나가면 화장실이 없어. 그냥 적당한 곳을 찾아야 하지. 수풀 속이나 바위 뒤 이런 곳 말이야."

"네에……?"

지윤은 사람들이 다니는 길가 수풀에 쪼그리고 앉아 용변을 보는 장면을 상상하곤 이맛살을 찌푸렸다.

"용변을 보고 적당히 덮지 않으면 파리가 꼬이고, 자칫 뱀이나 짐승을 부르는 일이 될 수도 있어."

"네? 배, 뱀이요? 뱀도 있어요?"

화들짝 놀라는 모습이 제법 귀엽다.

"그럼! 거긴 아나콘다가 흔해. 머리가, 아니, 대가리가 이따만 한 놈 말이야. 길이 10m가 넘는 놈들도 많지."

손으로 머리 크기를 대강 표현해주니 몹시 놀란 표정이다.

"지, 진짜로 그, 그렇게 큰 뱀이 있어요?"

"그럼! 아주 큰놈은 사람도 잡아먹고, 소도 잡아먹어. 소가 너무 크면 먹다가 다시 토해놓긴 하지만."

"흐에엑!"

지윤은 생각만으로도 징그럽다는 표정이다. 이쯤해서 한술 더 떠줘야 쓸데없는 행동을 하지 않는다.

"그런 뱀만 있나? 습지엔 커다란 악어도 있어. 수풀 무성한 곳에 들어갈 땐 표범이 숨어 있나 확인해야 하고."

"그, 그럼! 코끼리나 사자도 있어요?"

어릴 때 동물의 왕국에서 많이 봤던 짐승들이다.

"있지. 그뿐만 아니라 고릴라, 오랑우탄, 침팬지, 하마 같은 것들도 많아. 진짜 조심해야 해."

"……!"

지윤은 겁먹은 표정이다.

"강에는 피라냐 같은 놈이 살아. 길이 150㎝, 무게 45㎏짜리가 잡힌 적도 있어. 이놈은 악어도 공격해."

"저, 정말요?"

"그럼, 영국 조간신문 데일리 메일(Daily Mail)에 생포했던 놈의 사진이 있어. 이빨이 진짜 살벌하지. 한번 검색해 봐."

지윤은 저도 모르게 노트북으로 검색하고 있다.

검색어는 '데일리 메일'과 '피라냐'였다.

그런데 괜히 따라왔나 싶다. 설명을 듣고 보니 보통 심각한 일이 아니었기 때문이다.

숙소를 벗어나면 소매치기와 강도를 조심해야 한다. 게다가 화장실은 없고, 숲에는 온갖 맹수들이 우글거린다.

강가나 습지엔 악어, 아나콘다뿐만 아니라 피라냐 같은 육식 어류가 있다는데 어찌 겁나지 않겠는가!

누군가 그랬다. 후회는 아무리 빨리해도 늦은 거라고!

지금은 콩고민주공화국을 향해 비행 중이다. 되돌리기엔 이미 늦었다. 드디어 검색 결과가 떴다.

영국의 생물학자 제러미 웨디드(Jeremy Wade)가 포악하게 생긴 녀석을 들고 찍은 사진을 보니 정말 무시무시했다.

32개의 날카로운 이빨은 사람은 물론이고 악어에게도 충분히 위협적일 것이란 생각이 들었다.

"으으으……!"

지윤은 저도 모르게 신음을 냈다.

"봤지? 그거 이름이 '골리앗 타이거 피쉬' 래. 그러니까 거기 도착하면 쓸데없는 호기심 부리면 안 돼. 알았지?"

"그러지만 않으면 괜찮아요?"

"물론이지. 내가 지윤 씨에게 해롭게 하는 거 봤어?"

"아뇨."

지윤은 순한 양이 되기로 마음먹었다.

"내 뒤만 잘 따라오면 아무 문제없을 거야. 괜히 심심하다고 혼자 시장 같은데 가볼 생각은 아예 하지도 말아."

"……?"

지윤의 시선은 왜냐는 의미를 담고 있었다.

"거기 가면 원숭이 고기를 거래해."

"네에……? 거, 거기는 원숭이도 잡아먹어요?"

상상조차 안 해본 이야기였는지 몹시 놀란 표정이다.

"그뿐만이 아니지. 온갖 야생동물을 다 잡아먹어."

"흐에엑~!"

생각만으로도 끔찍하다 느끼는 모양이다.

"문제 있는 야생동물의 고기 때문에 에볼라 바이러스가 창궐하게 된 거 같다는 의견도 있어."

"네에? 에볼라요? '아웃 브레이크'라는 영화에 나왔던……?"

"어! 그거 봤어?"

1995년 개봉된 것으로 바이러스가 불러올 대재앙을 그린 영화이다. 바이러스 숙주인 원숭이가 미국으로 수입되면서 대혼란에 빠진다는 내용이다.

"네! 그거 되게 무서웠고, 심각하다는 느낌이었어요."

"그래! 콩고민주공화국은 현재 그 에볼라가 번지고 있어. 그러니까 절대로 단독행동을 하면 안 돼. 알았지?"

"네에."

지윤은 얌전히 고개를 끄덕였다.

괜히 따라왔다는 생각이 들었지만 현수의 곁에 머물기만 하면 안전할 것이라는 느낌도 있었다.

＊   ＊   ＊

현수와 지윤이 대화하는 동안 Y―PS(Purification System)박제삼 공장장은 새로 뽑은 홍보팀장과 영상을 보고 있다.

유튜브에 업로드된 이 영상의 시작은 '경주 방폐장' 입구에서 시작된다. 이곳의 정식명칭은 '경주 중저준위 방사성폐기물 처분장'이다.

이곳엔 사용된 핵 연료봉 이외의 핵폐기물이 보관된다.

현재 약 1만 5,000톤의 핵폐기물을 보관하고 있는데 300년 동안 안전하게 관리해야 하는 세슘부터 수만 년 이상 방사선이 나오는 핵폐기물도 포함되어 있다.

어쨌든 핵폐기물 80만 드럼을 보관하려고 조성한 곳이다.

문제는 이곳이 동굴처분장으로 적합하지 않다는 것이다.

굴착을 해서 공사를 시작하고 보니 암반 상태가 절반 이상 최하등급인 5등급이었다.

게다가 지하수가 하루에 3,000톤씩 솟아났다.

하지만 어쩌겠는가! 이미 시작된 공사이다. 하여 부랴부랴 지하수를 바깥으로 뽑아내기 위한 펌프설비를 갖췄다.

애초의 목표는 40년 정도의 수명이었다. 그런데 불과 2개월 만에 펌프의 기능이 현저히 저하되어 버렸다.

원인은 해수 성분 때문이다. 소금기로 인한 부식이 너무 심해져서 배수펌프가 제 역할을 하지 못하게 된 것이다.

문제는 사전에 충분히 예측하고 있었으면서도 스테인리스나 탄소강을 쓰지 않았다는 것이다.

조직적으로 공사비를 빼먹었을 수도 있다는 합리적인 의심이 가능한 대목이다.

아무튼 배수펌프는 불과 2개월 만에 망가졌다.

그런데 방폐장을 운영하는 '원자력환경공단'은 이를 '원자

력안전위원회'에 보고하지 않았다.

하여 왜 그랬느냐는 물었더니 어처구니없는 대답을 하였다.

"우리가 그걸 보고해야 한다는 법이 없습니다."

망치로 관계자들의 뚝배기를 모조리 깨뜨려야 할 개소리였다. 원자력에 관한 전문가라는 사람들이라면 절대로 이런 대응을 하면 안 되는 것이다. 신속히 보고하여 사태를 수습한 후 책임자를 가려냈어야 하는 일이었다.

어쨌거나 현수는 디신터봇을 사용하여 북한, 일본, 미국, 지나, 러시아, 인도, 파키스탄, 영국, 프랑스, 이스라엘의 모든 핵물질을 안정화시키도록 지시한 바 있다.

다만, 핵발전소의 연료만은 남겨두도록 했다.

한국도 마찬가지이다. 하여 경주 방폐장에 보관되어 있던 핵폐기물은 이미 정화되어 있는 상태이다. 최근에 추가로 입고한 것들만 아닐 뿐이다.

경주는 지진도 일어나는 곳이다.

따라서 보관되어 있는 모든 핵폐기물을 다른 곳으로 옮기지 않으면 크나큰 재앙과 직면할 수도 있다. 그렇기에 폐기물까지 정화하라고 명령했던 것이다.

어쨌거나 화면엔 저장소로 들어갈 핵폐기물이 보인다.

방사선구역에서 작업할 때 입었던 작업복, 장갑, 그리고 덧

신 등이다. 방사능 측정기를 대보니 수치가 확 올라간다.

화면엔 두 명의 실험자 모습이 보이는데 마치 우주복처럼 생긴 것을 걸치고 있다. 그래서 얼굴은 식별되지 않았다.

다음은 테스트 순서이다.

01. 가로, 세로, 높이 1m짜리 투명 수조에 오염되지 않은 물로 3분의 2쯤 채운 후 방사능을 측정한다.

02. 여기에 중저준위 핵폐기물인 방사선구역에서 사용한 작업복과 장갑, 그리고 덧신 등을 넣는다.

03. 잠시 후 방사능 수치를 다시 측정한다.

04. Y−PS에서 제작한 원통형 정화장치를 물에 담근다.

05. 정확히 3분 후에 다시 방사능을 측정한다.

06. 그 결과 완전히 정화되었음을 보여준다.

07. 새 수조에 물을 채우고 또 방사능 측정을 한다.

08. 이번엔 고준위 핵폐기물인 사용된 핵연료봉을 수조에 넣고 잠시 후에 방사능을 측정하여 결과를 보여준다.

09. 정화 장치를 넣고 3분 후에 다시 측정한다.

10. 방사능이 모두 제거되었음을 확인시켜 준다.

모든 실험을 마친 후 실험자가 마이크를 든다.

"대한민국의 Y−PS에서 방사성 물질을 정화하는 데 성공했습니다. 이론적 근거는 사이언스지에 게재될 예정이니 확인해

주십시오."

유창한 영어였다. 잠시 말을 멈춘 실험자는 카메라에 시선을 준다.

"일본 정부와 도쿄전력이 후쿠시마 1원전에서 발생된 오염수 100만 톤을 몰래 태평양에 방류하려는 계획을 수립했다는 것을 알고 있습니다."

실험자의 말이 끊긴 사이에 후쿠시마 원전과 그 인근의 사진들이 잠시 보인다.

아울러 인근의 돌연변이 동식물 사진들도 보여주었다.

머리가 둘인 고래와 상어, 귀 없는 토끼, 아가리가 두 개인 물고기, 길이가 무려 80㎜에 달하는 말벌, 다리와 더듬이, 날개 모양이 특이한 나비, 꼭지가 여러 개 달린 토마토, 발가락 모양인 감자, 가운데에 잎사귀가 달린 오이 등이다.

"바다는 인류 모두의 것입니다. 따라서 방사능으로 오염된 걸 무단으로 방류하는 것은 전 인류를 상대로 한 패악질입니다. 즉시 계획을 취소하십시오."

이번엔 오염수가 보관된 곳의 사진들이 보였다.

"조금 전에 보여 드린 것처럼 완벽하게 방사능을 정화하는 기술이 개발되었습니다."

실험자는 잠시 말을 끊었다. 하나 그 시간은 길지 않았다.

"일본은 인류의 적(敵)이 되지 마십시오."

실험자가 화면에 사라진 후 화면엔 후쿠시마에서 시작된 방사능에 오염된 물이 어디까지 번져 있는지가 나타났다.

해류와 바람을 타고 번져간 방사성 물질은 이미 태평양 상당 부분을 오염시켰고, 북아메리카와 남아메리카 서부 해안까지 도달한 것으로 나타나 있다.

유투브에 올라가고 얼마 지나지 않아 어마어마한 조회수가 기록되기 시작했다. 소문에 소문이 꼬리를 문 결과이다.

미국 대통령 오바마는 긴급회의를 소집했다.

이 자리엔 각료들뿐만 아니라 여러 분야의 과학자들이 모였다. 원자력 전문가뿐만 아니라 기상, 지질, 해양전문가들도 망라되어 있었다.

사이언스지로부터 논문 파일을 전송받은 전문가들은 면밀한 검토에 들어갔다. 사실 여부를 확인하려는 것이다.

회의가 진행되고 있는 동안 전화가 걸려왔다.

상대는 세바스찬 플루크바일(Sebastian Pflugbeil) 박사라고 신분을 밝혔다. 독일 방사선방호협회 회장이다.

본인이 유투브에 올라간 영상의 실험자라면서 실험 내용은 모두 진실이라고 이야기했다.

그러고는 전화를 바꿔주었다.

일본의 저명한 핵물리학자인 고이테 히로아키(小出裕章) 교수는 본인이 두 명의 실험자 중 하나이며, 실험에는 어떠한 조작도 없었다는 말을 했다.

아울러 후쿠시마 원전 인근해역이 이미 심각하게 오염되어 있다는 것도 이야기했다. 그러고는 하루라도 빨리 정화를 하지 않으면 해류를 타고 미국까지 흘러갈 것이라고 경고했다.

후쿠시마 원전사고 때 대기 중으로 방출된 방사성 물질 중 가장 위험한 '세슘―137'에 관한 이야기도 했다.

이것은 광대한 지역으로 날아가 약 10,000㎢에 낙진이 되어 떨어졌다. 하여 일본 동북 및 관동지역은 방사선 관리구역으로 지정되어야 한다고 말했다.

또한 홋카이도 일부와 간사이, 규슈, 시코쿠 지역을 제외한 곳은 여행도 하지 말아야 함을 경고했다.

독일과 일본의 전문가는 우연한 기회에 한국에 들어와 있다가 출국할 기회를 놓쳐 이번 실험에 참여했다고 말했다.

원한다면 미국 전문가들이 지켜보는 곳에서 재실험을 할 용의가 있음도 이야기했다.

이는 Y―PS의 의견이다.

실험 장소는 미국이 정하는 곳으로 하고, 측정 물질도 미국이 제공하는 것으로 하겠다고 했다.

오바마는 즉각 대한민국 대통령에게 전화를 걸었다.

그런데 통화를 하지 못했다. 비서의 말에 의하면 당장은 전화를 받을 수 없는 상황이라는 것이다.

비선을 통해 확인해 보니 한국 대통령은 얼굴 주름을 펴는 필러 시술 중이었다. 참으로 한심한 노릇이다!

오바마가 다음으로 전화를 건 곳은 일본 총리공관이다.

아베 신조 일본 총리는 오바마로부터 무단으로 오염수 배출을 하지 말라는 엄중한 경고를 받았다.

도쿄전력 사장은 CIA국장으로부터 연락을 받았다.

만일 오염수를 무단 방류하면 도쿄전력 모든 임원들의 집을 폭격하겠다는 내용이다. 다시 말해 허튼짓하면 가족까지 모조리 죽여 버린다는 뜻이다.

다소 과격한 경고였지만 잘 먹혀들었다.

재실험 장소로 결정된 곳은 오산 공군지기 안의 폐쇄구역 중 하나이다. 미국과 일본에서 각각 다섯 명의 전문가들을 파견하고, 각각 하나씩 대표로 나와 실험하기로 했다.

한편, Y—PS는 투명 수조 두 개와 두 개의 방사능 정화장치를 제공하기로 했다.

이 실험은 인터넷 회선을 타고 전 세계를 대상으로 생중계된다. 그만큼 많은 이목이 쏠린 것이다.

이틀 후 재시험이 실시되었다.

먼저 중저준위 핵폐기물을 정화시켰고, 이어 고준위 핵폐기물도 그렇게 했다. 일본에서 가져온 후쿠시마 원전 오염수 역시 완벽하게 정화되었다. 실험은 대성공이었다.

미국과 일본은 실험에 사용되었던 정화장치를 하나씩 구입해 갔다.

하나당 1,000만 달러지만 특별히 500만 달러에 넘겼다.

그러면서 절대로 분해하지 말라고 했다. 그렇게 하면 기능을 잃는다는 경고를 한 것이다.

둘 다 신주단지 모시듯 소중히 안고 각각의 나라로 떠났다.

에이프릴 증후군이 무섭기는 했으나 한국에 머문 시간은 불과 1시간 남짓이었고, 미군 기지 내에만 머물렀다.

미군 중 어느 누구도 에이프릴 증후군에 감염되지 않았기에 불안하지만 그냥 떠났다. 방사능 오염이 생각보다 훨씬 심각하다는 것을 깨달은 것이다.

하지만 1차 실험에 나섰던 둘은 출국하지 못했다.

한국인들과 접촉한 시간이 너무 길어서 비행기 탑승을 거부당한 것이다.

세바스찬 플루크바일 박사와 고이테 히로아키 교수는 당분간 Y—PS에 머물면서 연구하기로 했다.

객원 고문으로 위촉된 것이다.

이들은 검정골 아파트를 하나씩 배정받았다. 향남 레지던스의 첫 번째 입주자가 된 것이다.

재실험 이후 미국, 영국, 프랑스, 러시아, 지나는 유엔에 정식 안건을 제시했다.

일본에게 후쿠시마 원전으로 인한 모든 오염을 정화하라는 것이다. 비용은 당연히 전액 일본 부담이다.

그리고 제대로 정화작업을 하는지 확인하기 위한 대규모 감시단을 파견하겠다고 했다. 겉 다르고, 속 다른 일본의 민족성을 알기에 내린 조치이다.

한편, 일본 국내에선 방사능 정화기술이 개발되었다는 뉴스를 듣고 즉시 시행하라는 여론이 형성되었다.

해산물은 물론이고, 농산물도 불안했던 때문이다.

정부의 압력이 가해지자 도쿄전력은 Y—PS에 정식 공문을 보냈다. 정화기간 및 비용 등을 문의한 것이다.

이에 대한 답변은 다음과 같다.

문서번호: 20161010—01

수신 : 도쿄 전력 대표이사
참조 : 일본 정부 내각총리
발신 : 대한민국 Y—PS

귀사에서 문의한 방사능 정화장치에 대한 답신입니다.

1. 방사능 정화장치 대당 가격은 한화로 100억 원입니다. 설치, 유지, 회수작업은 당사에서 파견한 인력이 전담합니다.

2. 귀사는 작업에 필요한 차량 및 선박 등 일반장비를 제공하여야 하며, 숙소와 식사도 제공하여야 합니다.

3. 정화장치 수명은 가동 후 1년이며, 원전 오염수 처리 및 인근 해역 정화에 필요한 물량은 10,000개 정도가 필요합니다.

4. 처리기간은 방사능 농도와 오염된 물의 확산 정도에 따라 10~30년으로 예상됩니다.

5. 육상 오염물질의 정화는 귀사가 비용 부담을 하여 수조에 담가놓았을 때만 가능합니다.

이때 사용될 수조의 규모는 25m×50m 크기이고, 수심은 2m가 적당합니다.

6. 귀사가 원할 경우 1년에 2회에 한하여 정화작업 진행보고서를 받을 수 있습니다.

7. 정화장치 스펙 및 자세한 내용은 첨부서류를 확인해 주십시오.

2016년 10월

Y-PS 대표 하인스 킴

첨부된 서류엔 후쿠시마에서 뿜어진 방사능 물질이 얼마나 멀리 번져갔는지를 알려주는 지도가 포함되어 있다.

막연한 것이 아니고, 시뮬레이션을 해본 것도 아니다. 첨단 기술로 측정한 실제 수치가 기록된 것이다.

현재는 인터넷에 공개되어 있어 누구나 볼 수 있다.

영어, 스페인어, 불어, 독일어, 아랍어, 한국어, 지나어, 일본어 등 12개 언어로 표기되어 있다.

이것은 미국, 캐나다, 멕시코, 과테말라, 파나마, 콜롬비아, 에콰도르, 페루, 칠레 정부에도 보내졌다.

이들 국가의 공통점은 국토의 서쪽이 태평양과 접해 있다는 것이다.

지도엔 약 300여 곳의 좌표가 표기되어 있고, 그곳의 오염 정도가 수치로 표기되어 있다.

미국은 이를 확인하기 위해 즉각 과학자들을 파견하였고, 놀랍게도 모든 게 사실이라는 것이 확인되었다.

실험자의 말처럼 아메리카 대륙 서부연안 전체가 방사능으로 오염되어 있음을 확실하게 인지하게 된 것이다.

재실험을 하고 불과 5일만에 답신까지 보내진 걸 보면 국제사회가 일본을 얼마나 닦달했는지 충분히 짐작된다.

미국은 항모들을 급발진시켰다. 거절하거나 미적거리면 즉각 포격을 가하겠다고 으름장을 놨다.

러시아는 태평양함대에 배치된 핵잠수함을 급파했다.

여차하면 핵미사일을 발사할 것이며, 그것으로도 부족하다 싶으면 하나 남은 '차르 봄바'를 떨굴 것임을 선언했다.

참고로, 차르 봄바(Tsar Bomba)의 '차르'는 황제, '봄바'는 폭탄이라는 뜻이다.

폭탄계의 황제답게 일본의 히로시마와 나가사키에 떨어진 핵폭탄보다 무려 3,800배나 강한 위력을 가졌다.

이것이 광화문 광장에 떨어지면 서울은 순식간에 삭제되어 버린다. 글자 그대로 '순삭'이다. 서울시 전체가 직접적인 열 복사 및 후폭풍 피해를 입기 때문이다.

충격파와 열복사 피해는 순식간에 수원, 용인을 지나 평택, 안성, 이천, 여주에 이른다.

서쪽으로는 인천, 김포, 강화, 안산, 화성시에 이르고, 북으로는 고양, 일산, 의정부, 양주, 파주, 문산, 연천군에 이른다.

동쪽으로는 구리와 남양주, 양평, 청평, 가평 전체를 포함하고 춘천 직전에 이른다.

수도권 전체가 한순간에 박살나는 것이다.

그와 동시에 대한민국 국민의 절반 정도가 목숨을 잃는다.

폭탄이 떨어지고 나면 그야말로 순식간이라 도망갈 시간적 여유조차 없을 것이다.

이것으로 끝이 아니다.

충격파와 열복사 이외에 낙진 피해까지 감안하면 한반도 전체가 피해를 입는다.

실로 무시무시한 위력이다.

일본을 위협한 것은 미국과 러시아뿐만이 아니다.

영국과 프랑스에선 여차하면 자국의 핵폭탄을 모조리 일본 도시들을 향해 발사하겠다고 하였다.

도쿄, 요코하마, 오사카, 나고야, 삿포로, 후쿠오카, 고베, 가와사키, 교토, 사이타마, 히로시마, 센다이, 니가타 등이다.

강대국들이 힘을 합쳐 일본이란 나라와 국민 모두를 지구에서 지워 버리겠다는 뜻이다. 이러니 아베 신조와 도쿄전력 사장이 쫄지 않을 수 없었던 것이다.

어쨌거나 Y—PS로부터 회신을 받은 도쿄전력 사장은 부들부들 떨었다. 매년 100조 원씩 최하 10년에서 최장 30년까지 지출해야 하는데 어찌 안 떨리겠는가!

이거 한 건으로 도쿄전력은 쫄딱 망한 것이며, 대일무역수지는 대번에 역전된다.

1965년 한일 수교 이후 2015년까지 50년간 쌓인 대일무역적자 총액은 현재의 가치로 약 596조 원이다.

매년 100조원 씩 10년간 받아내면 총 1,000조 원이다. 그간의 적자를 모두 보존하고도 어마어마하게 남는다.

도쿄전력 대표이사는 Y—PS에 맡기고 싶지 않을 것이다. 너무 지출이 크기 때문이다.

자국 기술로 해결하고 싶지만 방법이 없다.

한 가지 확실한 것은 정말로 방사능이 제거된다는 것이다. 그것도 아주 신속하고, 말끔하게!

한국에서 사온 정화장치를 표본으로 복제를 시도했는데 아무리 들여다봐도 어떤 원리인지 알 수가 없었다.

하여 큰마음 먹고 분해를 시도했는데 하얀 기체가 뿜어지는가 싶더니 내용물 중 일부가 녹아버렸다.

그러고는 기능을 완전히 잃었다. 멀쩡하던 것을 한순간에 쓰레기로 만든 것이다. 그럼에도 항의조차 못한다.

정화장치에 붙여놓은 스티커에 분해를 시도하면 망가진다고 굵고, 진한 글씨로 표시되어 있는 때문이다.

계약서에도 붉고, 굵고, 진한 글씨로 강조되어 있으니 어디가서 억울하단 말도 못 한다.

문제는 전 세계의 이목이 쏠려 있다는 것이다. 하루라도 빨리 조치를 취하라는 압박이 느껴질 정도이다.

오염수를 무단 방류하고 모른 척하자니 미국 등으로부터 받은 협박이 두려웠을 것이다.

빨리 결정하지 않으면 본인은 물론이고, 가족까지 모두 몰살시키겠다는 메시지가 또 왔던 것이다.

그러는 사이에 언론만 신났다.

도쿄전력과 일본 정부가 합심하여 애써 숨겨놓고 쉬쉬하던 것들을 일제히 까발리는 중이다.

하여 폭동이 일어날 분위기가 되었다.

안전하다고 발표했던 곳의 방사능 측정 수치가 어마어마하게 높다는 것이 드러난 때문이다.

게다가 후쿠시마 농산물을 다른 지역 농산물에 섞어서 팔았고, 해산물도 산지를 속여 팔았음이 드러났다.

관광객들로 북적이는 식당이나 여관 등에서는 후쿠시마산 쌀이나 농산물이 사용되고 있었다.

일본인조차 후쿠시마 산을 기피하여 각종 농수산물의 소비가 정체되자 일본 정부는 상대적으로 꼼꼼히 체크하지 않는 외국인 관광객들에게 몰래 먹이는 꼼수를 쓴 것이다.

일본 어디든 규동집이 있다.

그중 3대 대형체인점인 요시노야(吉野家), 스키야(すき家), 마츠야(松家) 중에 두 곳은 모든 지점에서 후쿠시마산 쌀과 야채를 사용하고 있었다.

인심은 흉흉해졌고, 자민당에 대한 지지는 곤두박질쳤다.

아베 신조를 비롯한 정치인들은 도쿄전력 임직원들과 모여 회의를 거듭하지만 뾰족한 수가 없다.

Y—PS만이 유일한 해결책이었다. 그런데 너무 비싸다. 하여 비용을 깎아달라는 내용의 공문을 보냈다.

하지만 일언지하에 거절되었다.

우크라이나로부터 체로노빌 일대 정화작업에 대한 의뢰를 받을 예정이며, 그쪽 정화가 먼저 시작되면 당분간은 일본에 공급할 물량이 없다고 하였다.

우크라이나 중북부에 위치한 체르노빌은 후쿠시마의 뒤를 이어 세계 2위 방사능 오염지역이다.

Y—PS에서는 이외에 여러 나라로부터 정화작업 의뢰가 쇄도하는 중이라고 하였다.

키르기스스탄의 경우에는 우라늄 광산이 있는 마이루우 수우(Mailuu Suu)지역이 오염되었다고 하였다.

카자흐스탄은 소련의 핵무기 시험 장소였던 폴리곤이 오염되었다며 도움을 청했다.

영국 셀라필드(Sellafield) 지역과 아일랜드해(Irish Sea)의 오염도 심각하다.

러시아는 마야크(Mayak) 지역과 시베리아 화학물 결합시설(Siberian Chemical Combine) 인근이 문제이다.

이태리는 자국 마피아 조직인 은드란게타(Ndrangheta)가 방사성 물질을 지중해와 소말리아 연안에 방류했다고 하였다.

미국은 2차대전 때 나가사키에 떨군 핵폭탄의 원료가 제조되었던 핸포드(Hanford) 지역의 방사능 오염을 고백했다.

위에 언급된 곳들은 후쿠시마와 체르노빌의 뒤를 이어 세계 3~10위 오염 지역이다.

각국으로부터 견적요청이 쇄도한다고 하자 일본 정부와 도쿄전력은 입을 다물었다.

효과가 확실한 Y-PS 정화장치를 서로 먼저 쓰겠다고 달려드는 상황임을 인지하게 된 것이다.

일본은 속이 타들어갔다.

공급은 하나뿐인데 수요는 많다. 결국 깎아달라는 소리가 쏙 들어갔다.

대신 절반인 50조 원을 계약금으로 지불할 테니 자국에 우선적으로 공급해달라는 말을 할 수밖에 없었다.

나머지 50조 원은 설치와 동시에 지급키로 하였다.

일본은 이를 떼어먹지 못할 것이다. 그렇게 하면 내년부터 공급이 끊길 것이기 때문이다.

그러면 미국 등 강대국의 압력이 또 시작된다.

일단 '기호지세(騎虎之勢)'가 되면 시작부터 끝장까지 봐야 하는 상황에 처하게 되는 것이다.

얼마 지나지 않아 Y—PS 계좌로 50조 원에 해당되는 425억 2,600만 달러가 송금된다.

송금자는 일본정부였다. 이로써 대일무역 적자는 단숨에 흑자로 돌아선다. 그리고 최소 10년 동안은 절대로 원래대로 되돌아가는 일은 없을 것이다.

*　　　　*　　　　*

곁에서 재잘거리던 지윤이 꿈나라로 향하자 현수는 와인 한 잔을 청하곤 지그시 눈을 감았다.

잠을 자려는 건 아니다. 스튜어디스가 주변에서 부스럭대고 있어서 나가달라는 무언의 뜻이다.

이 스튜어디스는 둘이 어떤 관계인지 알고 싶어 알짱거리는 중이다. 200만 원짜리 내기가 걸려 있는 때문이다.

어느 쪽이 이기느냐에 따라 판돈이 옮겨가고 승자 쪽에서 제비뽑기로 한 사람이 독식한다.

내기의 내용은 둘이 '상사와 비서 관계'와 '연인 관계' 중 무엇이냐는 것이다. 전자가 20%, 후자는 80%이다.

20명의 승무원 중 네 명만 정상적인 직장상사와 비서의 관계로 본 것이다.

그 이유는 지윤 때문이다.

서빙을 하러 올 때마다 애정이 듬뿍 담긴 시선으로 현수를 바라보고 있는 모습을 보여주었다.

누가 봐도 꿀 떨어지는 시선이었으니 오해할 만하다.

눈을 감고 잠을 자겠다는 의사표시를 했지만 승무원은 나가지 않는다. 하여 눈 감은 상태에서 도로시를 호출했다.

'저번에 BD봇 준비하라고 했던 건 어떻게 되었어?'

BD봇은 Brain Death Robot의 합성어이다.

마법금속인 아다만티움으로 만드는 나노로봇의 일종인데 이게 뇌에 도달하는 즉시 모든 전기적 신호가 끊겨 버린다.

그 결과는 회복 불가능한 뇌사상태이다.

그렇게 되면 투입된 BD봇을 추출해내고 엘릭서를 복용시키지 않는 한 원상복구가 불가능하다.

BD봇 역시 의료용 나노로봇을 개발하던 중 만들어진 실패작 중 하나지만 폐기되지는 않았다. 존엄사[3]를 택한 사람들을 고통 없이 보내주는 용도로 쓰인 것이다.

어쨌거나 지난 4월 18일에 자기 욕심 채우려고 다른 사람들 해치려는 놈들을 세상에서 지우겠다는 뜻을 분명히 했다.

---

3) 존엄사(Death with dignity): 인간으로서의 품위와 가치를 지키면서 죽을 수 있도록 허용하는 것

미국과 이스라엘의 네오콘[4]과 매파[5]가 최우선 제거대상이다. 이들은 끊임없이 전쟁을 획책하거나 했고, 이를 실행에 옮겼거나 옮기려는 인물들이다.

인류의 모든 전쟁에 직간접적으로 연관되어 있다. 하여 하나도 남김없이 제거할 수 있도록 준비하라고 했다.

---

4) 네오콘(Neocons): Neo-conservatives의 줄임말. 미국 공화당의 신보수주의자 또는 그러한 세력. 힘이 곧 정의라고 믿고 군사력을 바탕으로 세계의 패권국으로 부상하는 것을 목표로 한다
5) 매파(Hawks): 대외 강경론자 또는 주전파(主戰派). 온건파는 비둘기파(Doves)라 칭함

Chapter 03

—

징벌하는 이

  지구의 어느 나라도 미국에게 국제질서를 제 마음대로 쥐락펴락하라고 하지 않았음에도 마치 세상이 제 것인 양 마음대로 날뛰고 있으니 진정시킬 필요가 있는 것이다.

  아울러 폭탄 테러 등으로 물의를 일으켰거나, 일으키게 되는 놈들도 모조리 제거하라고 하였다.

  이미 범행을 저질렀던 놈들뿐만 아니라 미래에 그런 일을 저지를 자들까지 미리 처단하겠다는 뜻이다.

  그러기 위해 BD봇을 준비토록 했는데 어찌 되었느냐고 묻는 것이다.

  '현직뿐만 아니라 전직과 재야인사들까지 다 파악하려면

시간이 걸린다고 말씀드렸어요.'

'그래! 그랬지. 그래서 내가 50만 명보다 많겠느냐고 물었고, 그 정도는 아닐 거라고 대답했잖아.'

'네! 맞아요. 그 정도는 안 될 거예요.'

'좋아, 이제 대답해 봐. BD봇은 얼마나 준비되었어?'

'90만 개 그대로 다 있어요.'

'그래? 그럼 한국의 사이비종교 관계자들에게 투여해.'

'기준은요?'

'그 종교로 밥 먹고 사는 것들 전부!'

'딱 그것만 투입해요?'

'당연히 아니지. 그놈들이 가진 전부를 탈탈 털어. 그 종교의 모든 재산까지.'

현수는 10서클 반열에 오른 이후 데미―갓으로 추앙받은 바 있다. 반쯤 신(神)이 된 것이다.

참고로, Demi의 사전적 의미는 반(半)이다.

그러던 어느 날, 한 쌍의 남녀가 방문했다.

아르센 대륙 이실리프 제국 황제 집무실에서 결재서류에 사인을 하던 중이었는데 아무런 기척 없이 스르르 나타났다.

지근거리에서 경계근무 중이던 소드 마스터들이 전혀 눈치채지 못한 등장이다.

문득 존재감이 느껴져 고개를 들어보니 30대 중반쯤으로 보이는 한 쌍의 부부가 부드러운 미소와 더불어 그윽한 시선으로 바라보고 있었다.

직감적으로 보통의 존재가 아닌 것이 느껴졌다. 하여 자리에서 일어나 정중히 예를 갖추었다.

"두 분을 뵙습니다. 어서 오십시오."

"오~! 역시… 우리를 한 번에 알아보는군요."

여인의 음성은 부드러웠고, 그녀의 입가엔 자애로운 미소가 어려 있었다.

"아닙니다. 한눈에는 알아 뵙지는 못하였습니다. 제 식견이 짧아 두 분이 뉘신지 알지 못함을 용서하십시오."

"하하! 나는 데이오라 하고, 이쪽은 나의 사랑하는 반려인 가이아일세. 우리를 알지?"

대지의 여신 가이아와 전쟁의 신 데이오의 방문이다.

현수는 다시 정중한 예를 갖추었다.

세 개의 제국을 다스리는 황제이지만 어찌 신들보다 상위 존재라 할 수 있겠는가!

"아! 그럼요. 어서 오십시오. 만나 뵈어 영광입니다."

"하하하! 이렇듯 환대해주어 고맙네."

"당연한 일입니다."

잠시 후 셋은 자리에 앉았다. 하나는 반쯤 신이고, 다른 둘은 이미 신인지라 음료수 같은 건 없었다.

이날 상당히 많은 이야기를 나누었다.

첫째는 방문 목적이었다.

둘은 잠시 자리를 비울 테니 당분간 아르센 대륙 등을 잘 건사해달라고 당부하였다.

현수에게 충분한 능력이 있음을 인정한 것이다. 하여 고개를 끄덕여 화답해 드렸다. 그러면서 물었다.

"그런데 두 분은 어디로 떠나시는지요?"

"세상엔 많은 별들이 있고 많은 차원이 있다네……."

전쟁의 신 데이오의 말이 시작되었다.

일반적인 전쟁이 아니라 빛과 어둠의 전쟁을 관장하는 신이라 일반에겐 다소 소원(疎遠)한 신이다.

아무튼 우주에 널린 별들의 개수는 1해 개가 넘는다.

해는 동양의 십진급수의 단위인 만(萬), 억(億), 조(兆), 경(京), 해(垓), 자(?), 양(穰), 구(溝), 간(澗), 정(正), 재(載), 극(極) 중 다섯 번째이다.

이외에도 항하사(恒河沙), 아승기(阿僧祇), 나유타(那由他), 불가사의(不可思議), 무량수(無量數)가 더 있다.

참고로, 이 수들은 앞의 것 곱하기 10의 4제곱이다. 다시 말해 만 배씩 커지는 숫자 체계이다.

어쨌거나 1해는 앞에서 다섯 번째이니 4×5를 해서 10의 20제곱을 뜻한다.

1해를 돈으로 따진다면 100억짜리 수표 100억 장이다.

수표 100장을 차곡차곡 쌓았을 때의 높이가 1㎝ 정도 되니 100억짜리 수표를 1,000㎞나 쌓을 금액이다.

이런 별들이 각각 다른 시간 차원에 존재한다.

지구만 해도 약 100만 개의 시간축이 있다고 하였다. 모두 같은 지구이지만 각각 조금씩 다르다.

이를 평행차원이라 일컫는다 하였다.

이것까지 모두 헤아리면 우주 전체에는 약 100자(?) 개 정도의 별이 있는 것이나 다름없다.

참고로, 1자는 10의 24제곱이다.

1해만 해도 어마어마하게 큰 수인데 그의 100만 배나 존재하는 것이다. 어쩌면 더 있을지도 모른다.

알려진 게 이것뿐이라 그러하다.

아무튼 각각의 별에는 관장하는 신(神)이 존재한다. 하나만 있을 때가 있고, 여럿이 있을 때도 있다.

별이 클수록, 생명체가 많을수록, 많은 신이 존재한다. 크고, 많으면 복잡해지는 까닭이다.

그런데, 신들은 항상 그 별에만 머물지 않는다.

예를 들자면, 태양은 거의 비워져 있다. 생명체가 생겨날 확률이 없으니 딱히 할 일 또한 없는 것이다.

블랙홀에 빨려 들어간 별에도 신은 없다.

아무튼 데이오와 가이아는 각각 100개 정도의 별을 맡았고, 수시로 옮겨가며 보살피고 있었다.

수시라곤 하지만 몇 년, 몇십 년 단위가 아니라 최소 몇백, 몇천 년 단위로 오간다. 그리고 다시 왔을 땐 잘 유지되고 있는지 슬쩍 훑어보는 정도라 하였다.

어쨌거나 아르셴, 마인트, 그리고 콰트로 대륙이 존재하는 행성은 현수의 치세(治世)가 시작된 이후 굶는 이들이 없다.

개량된 종자와 고도로 발달된 영농기법이 만난 결과이다. 게다가 무공해 천연유기질 비료도 한몫했다.

농토가 있는 곳엔 관개수로가 잘 갖춰져 있어서 가뭄에도 별 탈 없이 많은 수확을 올린다.

숲의 여신으로 진화된 아리아니와 4대 정령들이 전폭적으로 돕는 것도 한 이유이다.

세상을 어지럽히던 흑마법사들은 99.999%가 제거되었다.

어딘가 깊은 땅속 레어에 존재할지도 모를 몇몇 리치들 때문에 99.999%이다.

많아야 둘이나 셋이 고작일 것으로 추측한다.

지상엔 단 하나의 흑마법사도 남아 있지 않다. 이실리프 제국이 건국되자마자 전력을 다해 제거해버린 결과이다.

이실리프 제국에 반하는 세력은 전혀 없다. 모든 왕국들이 스스로 알아서 병합되기를 청하는 지경이다.

하여 아르셴 역사상 최초로 전쟁 없는 태평성대가 2,000년 이상 지속되고 있다.

이러니 가이아와 데이오는 더 이상 할 일이 없어졌다.

하여 다른 별을 보살피러 떠나면서 현수에게 당부의 말을 전하려고 온 것이다.

이에 현수는 흔쾌히 고개를 끄덕였다. 하던 일 그대로 하면 되니 어려운 게 아니었던 것이다.

그러고는 그간 궁금하던 것들을 물었다.

지구에도 신이 존재하는지 여부가 첫 질문이었다.

가이아 여신은 그렇다고 하였다.

"그걸 어찌 아시는지요?"

"오래전에 지구에 머문 적이 있었네."

그러면서 자신에 관한 전설을 찾아보라 하였다. 현수는 고개를 끄덕이지 않을 수 없었다.

'가이아(Gaia)'는 지구의 사전에 등장하는 존재이다.

태초의 신이며, 그리스 신화에 등장하는 대지의 의인화된 여신이다. '만물의 어머니'이자 '신들의 어머니'이며, '창조의 어머니 신'으로 알려져 있다.

로마신화에 등장하는 땅의 여신 '텔루스(Tellus)' 또는 '테라(Terra)'와 동일시된다.

내친김에 데이오를 검색해 봤는데 아무런 자료도 없었다. 하여 물어봤더니 자신은 지구에 머물지 않았다고 했다.

"그럼, 현재 지구를 관장하는 신은 어떤 분이신지요?"

"지구……? 아! 자네가 온 곳?"

"네! 혹시 아시는지요?"

"흐음, 내가 알기론 지금 거긴 비워져 있네."

"네? 지구에 신이 안 계신다고요?"

"그렇네, 우린 한 곳에만 머물지 않고……."

가이아는 보충 설명을 해주었다.

어느 별이든 어느 정도 발전이 이루어지면 그때부터는 저절로 굴러간다. 이때가 되면 신은 자리를 비우고 잠시 다른 별을 보살피러 떠난다.

맡고 있는 별이 하나만이 아닌 때문이다.

현수는 지구의 역사에 대해 간단히 브리핑 하였다. 꽤 긴 이야기였지만 가이아는 가만히 듣고만 있었다.

"자네가 말한 기준으로 보면 우린 청동기에서 철기로 넘어가는 시기에 모두 떠났네. 그때는 매우 안정적인 발전이 기대되던 시기였지."

참고로, 철기시대는 B.C 300년~A.D 300년에 해당된다.

아무튼 신들은 자리를 비울 때 다른 존재에게 자신의 사념체 일부를 넘기고 간다.

이것들은 일정시간이 지난 후 세상 곳곳에 이를 뿌려진다.

모든 동식물이 이를 만날 수 있는데 인간 또한 이를 우연히 접하게 될 수 있다.

누군가 신의 계시를 받았다거나 놀라운 기적을 경험했다는 등의 이야기가 그래서 있는 것이다.

가이아는 지구를 떠난 마지막 신이다. 하여 여러 신들이 맡겨두었던 사념체들을 두루 뿌리고 다녔다.

그렇기에 지구에 신이 없다고 확언한 것이다.

"가끔 그곳을 살피러 가는 신이 있는지는 모르겠으나 그곳에 상주하는 신은 아마도 없을 것이네."

"왜죠?"

"지구는 당분간 잘 굴러갈 테니 말이네."

가이아는 의미심장한 표정을 짓고 있었다.

"당분간이라는 말씀은……?"

"인간이라는 생명체는……."

가이아의 설명이 이어졌다.

경제학원론에는 '자원은 유한하나 인간의 욕심은 무한하다'는 구절이 있다.

인간이 발생된 별은 특정 조건이 충족되면 상당히 빠른 속도로 발전을 하게 된다. 그러는 내내 전쟁이 끊이지 않는다.

둘 다 인간의 끝없는 탐욕 때문이다.

한없이 발전할 것만 같지만 어느 순간이 되면 한 번에 폭삭 주저앉기도 한다. 스스로 만든 무기 또는 과도한 욕심으로 자초한 재난 때문에 멸망하는 것이다.

인간 이외의 존재 때문에 문제가 발생된다 싶으면 그때는 신들이 나선다. 이를 대멸종이라 칭하며 지구는 이미 다섯 번의 대멸종을 겪었다.

1차	4억 4천만년 전	고생대 오르도비스기 ~ 실루리아기
2차	3억 6천만년 전	고생대 데본기 ~ 석탄기
3차	2억 5천만년 전	고생대 페름기 ~ 중생대 트라이아스기
4차	2억년 전	중생대 트라이아스기 ~ 쥐라기
5차	6,500만년 전	중생대 백악기 ~ 신생대 제3기

가이아는 지구에서도 드래곤이 발생될 수 있었지만 그리 되지 못하였다고 하였다.

"그놈들은 너무 포악하고 탐욕스러웠네."

가이아는 중생대에 존재했던 공룡(恐龍)에 대한 이야기를 했다. 이놈들은 너무 포악해서 동족이라도 마구 잡아먹었다.

신들이 판단하기에 이놈들이 진화를 거듭하면 결국 레드와 블랙 드래곤만 남을 상황이었다.

화이트, 실버, 그린, 골드, 옐로우가 될 녀석들을 마구 잡아 먹어 멸종 단계에 접어들게 한 것이다.

하여 거대 운석을 떨어뜨려 빙하기를 조성했다.

그 결과 마법의 조종(祖宗)이 될 드래곤이 발생되지 못하였기에 지구에 마법사가 없다는 것이다.

"아, 그런데 옐로우 드래곤도 있나요? 아르센엔 없어요."

노란 드래곤은 처음 듣는 이야기인 것이다.

"옐로우는 조금 특이해서 없는 별도 많다네."

"네? 뭐가 특이한 거죠?"

"옐로우는 말이네. 마법을 익히지도, 무력을 키우지도 않고 오로지 사색만 하네. 그러다 문득 깨달음을 얻지. 그럼 그때부터는 다른 드래곤들을 이끄는 존재가 되네."

"깨달음을 얻으면 드래곤 로드가 되는 건가요?"

"그렇네. 그래서 드래곤 로드는 항상 그들이 맡네."

"아……!"

"인간도 그렇네. 늘 옐로우가 최종 승자였지."

"무슨 말씀이신지요?"

"흐음, 지금 지구엔 백인과 흑인, 그리고 황인만 있지?"

가이아는 오랜 기억을 더듬는 표정이다.

*   *   *

"그렇습니다."

"오래전엔 붉은 피부를 가진 적인(赤人)도 있었고, 녹색 피부를 가진 녹인(綠人)도 있었네."

"아! 그랬나요?"

"그들은 일찍 대(代)가 끊겨 버렸지. 적인은 너무 호전적이었고, 녹인은 너무 겁쟁이라 그랬네."

"……!"

"아무튼 황인종이 정신세계를 주도할 시대가 도래할 것이네. 그러면 제법 오래 평화가 유지되지."

인간과 드래곤을 대비해 보면 화이트(백인), 옐로우(황인), 그린(녹인), 레드(적인), 블랙(흑인)에 해당된다.

그러고 보니 실버와 골드만 빠졌다.

"혹시 은색이나 금색 피부를 가진 인간은 없었나요?"

"일단 금색 피부를 가진 인간은 없네. 그리고 실버……? 늙으면 모두 실버가 되지 않나?"

"아……!"

현수는 이 대목에서 긴 탄성을 냈다.

"자네가 아르센을 장악하게 된 것도 따지고 보면 옐로우에 속하기 때문이네."

"네……?"

"자네가 오기 전의 이곳은 영원히 끝나지 않을 전쟁과 탐욕의 장(場)이었네. 유사 이래……."

잠시 가이아의 말이 이어졌다.

현수가 아르센 대륙에 발을 들여놓기 전엔 진짜 전쟁이 끝이지 않는 땅이었다.

인간과 인간, 인간과 몬스터, 인간과 짐승, 인간과 시체, 몬스터와 몬스터, 몬스터와 짐승, 짐승과 짐승 등의 전투와 전쟁이 수천, 수만 년 동안이나 이어지던 곳이다.

그런데 이실리프 왕국이 건국됨과 동시에 적어도 인간과 인간의 전쟁은 모두 종식되었다.

건국을 선언하는 자리에서 세상 모든 마법사의 조종이자, 세상 모든 기사들의 우상인 현수가 서로 다투지 말라는 메시지를 전한 결과이다.

정말로 채 한 달도 지나기 전에 모든 전쟁이 멈췄다. 통신 속도가 지구와 달라서 시간이 걸린 것뿐이다.

그러고는 지금껏 전쟁이 기록되지 않고 있다. 황제의 뜻에 반하면 정말 좋지 않은 일을 당할 수 있는 때문이다.

그 후 인간과 몬스터, 인간과 짐승의 전쟁도 끝났다.

문을 잠그지 않아도 안전하며, 돈과 보석을 꺼내놓아도 가져가는 이가 없는 정말 평화로운 시대가 도래한 것이다.

이 모든 것이 현수의 업적이다.

"얼마 전에 잠시 지구를 다녀온 적이 있네."

가이아는 잠시 말을 끊었다. 철기시대 이후 첫 방문 때를 떠올리는 모양이다.

"그때 옐로우가 득세할 것으로 보였는데 지금은 어떤가?"

"네……?"

너무 뜬금없는 이야기였다.

"그때 대륙의 동쪽 끝의 작은 나라에 갔었네. 내 기억으론… 이… 그래! 이도라는 아이가 그 나라를 다스리고 있었지. 그때 그 나라의 문물이 세상 제일이라 곧 득세할 것으로 보였는데 어찌 되었는가?"

"네? 이도요?"

"그래, 성명이 이도라는 아이였네."

이도는 조선의 네 번째 왕인 세종대왕의 성명이다.

이 시기의 과학문명은 확실히 서양을 압도했다.

신기전(神機箭)은 500년 후 다연장로켓의 최초 모델이다.

"아! 그러고 보니……."

현수는 세종 때의 문명을 떠올리고는 고개를 끄덕였다. 충분히 납득된 때문이다.

"어찌 되었는가? 지금 그 나라가 세상을 이끄는가?"

"아직은… 아닙니다."

2016년은 드라마와 K—Pop 등으로 조금씩 알려지는 수준일 뿐이다.

"아직이라고……?"

가이아는 이해되지 않는다는 표정이다.

"네! 그런데 조만간 옐로우가 득세하게 될 겁니다."

생각해 보니 지구에도 이실리프 제국이 건국된 적이 있다.

본인이 초대 황제였고, 몽골제국보다 3배 이상 넓은 영토를 다스리고 있었다. 확실한 옐로우의 득세이다.

"결국 그렇게 되겠지."

가이아는 고개를 끄덕였다. 절대 빗겨갈 수 없는 진리라 생각하는 때문이다.

모든 것의 끝에는 항상 '옐로우'가 남는다.

백인이든 흑인이든, 황인이든 모든 인간의 대변과 소변은 황색이다. 다 도태되고 끝까지 살아남는 색인 것이다.

과학자들은 다 쓰고 남은 색이라고 하지만 자연의 섭리는 그게 아니다. 과학자들이 아직 모르고 있을 뿐이다.

"상당한 시간이 흘렀을 텐데 왜 득세하지 못했지?"

"그건……."

잠시 현수의 말이 이어졌다.

조선이 과학을 선도하는 국가로 우뚝 설 수 없었던 것엔 몇 가지 이유가 있다.

첫째는 두루뭉술한 숫자체계 때문이다.

조선에서 흔히 사용하던 말 중에는 한둘, 두서너, 서넛, 너댓, 대여섯, 예닐곱 같은 표현이 있다.

과학에선 하나면 하나이고, 둘이면 둘이다.

그런데 이렇듯 애매모호한 숫자 표현을 쓰고 있었던 것이 과학 발전의 발목을 움켜쥔 것이다.

둘째는 유교(儒教) 때문이다.

경전에만 목을 매는 고리타분한 사회 분위기가 발전을 저해한 것이다. 게다가 사농공상(士農工商)이라는 거지같은 서열을 사회 기준으로 삼았으니 말 다했다.

쓸모없는 사(士)를 제일 밑으로 내려 농공상사(農工商士)로 했어야 옳다.

돌이켜보면 가장 먼저 때려죽여야 할 것들이 바로 선비라 일컬어지던 사(士)들이었던 것이다.

이쯤 되니 고려시대 무신정변이 충분히 이해된다.

현대에도 이 기준이 맞다.

먼저 식량을 해결하고, 공업을 발전시킨 후, 이를 바탕으로 무역에 나설 때 뒤에서 서류정리를 하게 해야 한다.

그런데 현재에도 여전히 뒤틀려 있다.

소위 '사' 자 직업을 가진 것들이 사회의 상층부에 자리 잡고 앉아 온갖 부패와 부정을 일삼고 있다.

하여 대대적인 청소작업이 진행되고 있다.

선조는 왜란이 벌어지자 곧바로 경복궁을 버리고 의주를 향해 도주했다. 이를 부추긴 것들이 바로 사(士)이다.

반면 이순신은 백의종군까지 해가며 왜놈들과 맞서 싸웠다.

왜란 후 이순신이 왕으로 추대되었다면 훗날 왜놈들에게 나라를 빼앗기는 일이 일어나지 않았을 확률이 매우 높다.

선조처럼 무능하고, 의심만 많은 인물이 아니라 진정한 부국강병이 무엇인지를 너무도 잘 아는 인물인 때문이다.

셋째는 당시의 탐욕스러운 양반들 때문이다.

문자는 권력을 가진 자들만 익히는 것으로 만들었고, 그를 빌미로 백성들의 고혈을 쥐어짜기만 했다.

조선의 역사를 보면 양반들은 백성을 위한 정책을 입안한 적이 없다. 오로지 자신들의 입장과 이득만 고려했을 뿐이다.

현대에 와서도 크게 달라진 것은 없다.

정쟁을 일삼는 국회의원들이 일치단결할 때가 있다. 본인들이 받는 돈을 인상할 때뿐이다.

연놈들은 월급, 봉급, 급여, 연봉 같은 표현을 쓰지 않고 '세비(歲費)'라는 표현을 고집한다. 특권의식 때문이다.

'국회의원 불체포 특권'을 통과시킬 때도 그랬다. 그래서 만들어진 헌법 44조는 다음과 같다.

국회의원은 현행범인 경우를 제외하고는 회기(會期) 중에 국회의 동의 없이 체포 또는 구금되지 아니한다.

또한 회기 전에 체포, 또는 구금되어도 현행범이 아니면 국회가 석방을 요구하면 회기 중 석방된다.

이 무슨 거지발싸개 같은 법이란 말인가!

나라를 위해 일하라고 뽑아놨더니 죄다 지들만 위하는 법을 만들어 놨다. 딱 조선시대 양반 같은 개새끼들이다.

현수로부터 모든 설명을 들은 가이아는 자애로운 미소를 지으며 끄덕인다.

"그랬군! 자네가 돌아가면 잘 하시게."

"그래야지요."

이렇게 대답을 했고, 실제로 그렇게 하였다.

이실리프 제국은 아마 지금도 번성하고 있을 것이다.

현수가 자리를 비우는 때가 종종 있었으니 이번에도 어디에선가 뭔가를 하고 있을 것이라 생각할 것이다.

다시 말해 시공간초월 마법으로 다른 차원의 지구에 와 있지만 실종되었다 생각하지 않을 것이다.

그러기엔 너무 위대하고, 대단한 능력을 가졌기 때문이다.

이날 현수는 두 신과 더불어 상당한 시간을 보냈다. 그간 궁금해 하던 것 대부분이 해소되는 유익한 시간이었다.

열흘 붉은 꽃 없고, 끝나지 않는 잔치가 없듯 두 신과의 만남도 끝날 시간이 되었다.

"세상을 맡기면서 아무 대가도 없으면 않으면 안 되겠지?"

"그렇지요."

데이오의 말에 가이아가 고개를 끄덕였다.

"잠시 멈춰 계시게."

"네, 알겠습니다."

고개를 끄덕이자 데이오와 가이아는 현수의 양쪽 어깻죽지에 손을 대었다. 그러자 따뜻하면서도 시원한 뭔가가 양어깨를 통해 몸 안으로 들어왔다.

먼저 입을 연 건 데이오였다.

"자네에게 우리의 신력(神力)을 각각 반씩 넣고 있네. 언젠가 깨달음이 있으면 자유자재로 사용할 수 있을 것이네."

이 말을 이은 건 가이아이다.

"그렇다고 너무 일찍 깨달음을 얻으려 애쓰지 마시게. 그

순간 자네는 진정한 신이 되어버리니."

"신이 되어버리면 인간으로서 누리던 복락을 느끼지 못할 수도 있으니 심려할 것 없네."

뭔가가 몸 안으로 들어오는 것 같기는 한데 들어온 순간 존재를 느낄 수가 없었다.

'으음! 이건 신성력과는 확실히 다르군.'

스테이시 아르웬과 합방을 한순간 정식으로 가이아 여신의 사위가 되었다. 그때도 신성력 세례가 퍼부어졌다.

자네는 내가 간택한 내 딸의 배우자!

선택받은 인간이여!

이제부터 누릴 수 있는 모든 복락을 누리며 살지니 내 딸을 잘 보살펴 내 뜻이 세상에 널리 퍼지도록 애써주시게.

나의 뜻에 따를 때 자네의 세상에서도 나의 힘을 쓸 수 있을 것이네.

세 번째 듣는 신의 말씀이었다.

그런데 지금은 그때와 일치하는 느낌이 아니다. 신력과 신성력에 차이가 있다는 뜻이다.

'아! 이게 권능(權能)이라는 건가?'

현수의 상상은 길지 못하였다.

"깨달음을 얻게 되면 자네의 생은 무한히 길어질 걸세. 그때 다시 만나세."

깨달으면 인간이 아니라 진정한 신이 된다는 뜻이다.

"세상을 잘 부탁하네, 사위!"

이 말을 끝으로 데이오와 가이아가 사라졌다.

아르센 대륙에 다른 신들이 남긴 사념체들을 곳곳에 뿌리러 갔을 것이다.

이날 현수는 스테이시 아르웬과 같은 침대를 썼다. 그리고 그날 잉태된 녀석이 있었다.

디바인 킴(Divine Kim)이라는 이름을 갖게 된 녀석이다.

신력 때문인지 모친의 미모 때문인지 절세 미남으로 성장하였으며, 아주 영특한 두뇌를 가졌다.

훗날 모친의 출신지인 라이서 제국의 공주와 혼인을 했고, 그 나라의 황제가 되어 선정(善政)을 베푼 바 있다.

어쨌거나 현재의 지구엔 신이 없다.

기도를 아무리 해봐야 들어줄 대상이 없다. 하여 불의가 판치고, 불법과 부정부패가 횡행하는 세상이 된 것이다.

신이 있다 해도 기도는 잘 들어주지 않는다.

예를 들어, 개미 70억 마리가 우글거리고 있다. 각각이 소원을 비는데 이게 들리겠는가!

그야말로 와글와글, 버글버글, 시끌벅적이다.

게다가 개미들은 속으로도 빈다. 그리고 날마다, 아니, 시시

각각 바뀐다.

이러니 어찌 특정 개미의 기도를 가려들을 수 있겠는가!

어쩌다, 정말 우연히, 어떤 개미의 기도를 들을 수 있었는데 얼토당토 않는 기도였다면 들어주겠는가!

―우리의 소원은 통일이 아니라 로또 당첨입니다.

―옆집 여편네 아파서 뒈지게 해주세요.

―우리 아버지 빨리 돌아가셔서 유산 받게 해주세요.

―울 언니 남친이랑 헤어지고 나랑 만나게 해주세요.

―이번 시험에 몽땅 내가 아는 문제만 나오게 해주세요.

―내일 중간고사 보는데 학교에 불나게 해주세요.

1950년대 중반에 박인수 사건이 벌어졌다.

현역 헌병 대위를 사칭한 박인수가 70명의 여성들과 무분별한 성관계를 가졌던 성추문 사건이다.

이 중 69명의 여성이 피해자라 주장하였으나 쌍방합의에 의한 간통으로 드러났고, 단 1명만이 처녀였다.

하여 '처녀일 확률은 70분의 1' 이라는 말이 유행했다.

아무튼 1심 법정은 다음과 같은 판결을 내린 바 있다.

법은 정숙한 여인의 건전하고 순결한 정조만 보호할 수 있다. 따라서 혼인빙자간음죄에 대해 무죄를 선고한다.

1950년대는 유교 풍습이 현재보다 훨씬 짙을 때이다. 다시 말해 여성의 정조가 굉장히 중요하던 시기이다.

그런데 처녀도 아닌 것들이 혼인을 빙자한 간음을 했다고 주장했으니 괘씸하여 무죄를 선고한 것이다.

Chapter 04

—

누가 똥 싼 거야?

인간인 판사도 이러는데 신은 어떠할까?

들어줄 만한 것을 기도해야 마음이 움직인다. 그런데 어쩌다 우연히 들은 기도가 말도 안 된다면 어떻게 하겠는가!

몇 번 더 기도를 들어보려 노력을 하다가 이내 그만둔다. 그 나물에 그 밥이라는 것을 알게 되는 때문이다.

그래서 아무리 열심히 기도를 해봐야 소용이 없다. 될 일은 되고, 안 될 일은 절대로 안 되는 것이 세상의 이치이다.

게다가 현재의 지구는 신이 존재하지도 않는다.

그런데 신을 팔아서 장사를 해 처먹는 놈들이 너무 많다. 그리고 그 밑에 붙어서 이득을 꾀하는 자들 또한 많다.

모든 신이 자리를 떠난 이 시기에 신을 팔아서 이득을 취하는 것들은 세상에 전혀 득이 되지 않는 기생충이다.

더 꿈틀거리기 전에 짓밟아 뭉개야 한다. 그냥 두면 우매한 중생들만 더 많은 피해를 입는다.

지금은 사라졌지만 예전엔 길바닥에 엎드려 구걸을 하던 이들이 있었다. 겉보기엔 두 다리가 잘려서 없는 것처럼 보였기에 행인들은 측은지심이 동해 지갑을 열곤 했다.

그러다 밤이 되면 행인들의 시선이 없는 뒷골목으로 가서 주차해두었던 외제차를 타고 퇴근했다.

그러고는 룸살롱 순회를 하던 자도 있었다. 참으로 백해무익했던 놈들이다.

이런 놈들에게 푼돈이라도 던져준 이들만 우매한 중생이란 소리를 들었다.

아무튼 이런 놈들이 상당히 많다.

"신을 팔아먹은 자들 모두에게 BD봇을 투여해. 의식을 잃기 전까지는 큰 고통을 느끼게 세팅해서!"

"기준을 조금 더 명확히 해주세요."

"신을 팔아 사적인 이득을 취한 자, 신이 아니라 본인의 뜻을 따르라는 사이비는 본인과 그의 가족 전원이 제거 대상이야. 아래위로 2대씩 몽땅 제거해."

"네? 직계가족까지 전부요?"

"그래! 위로 2대, 아래로 2대는 공범이나 마찬가지야."

"위로 2대까지는 그렇다 쳐도 아래로 2대는 왜요?"

"신을 팔아 번 돈으로 성장했잖아. 보나마나 그 돈으로 온갖 잘난 척과 갑질을 해댔을 거야. 그러니 제거해."

"정말요?"

"농담하는 거 같아?"

현수의 음성에 싸늘함이 담기자 도로시가 당황한다.

"아, 아뇨. 그건 아닌 것 같아요."

"좋아! 7살 미만은 아직 어리니 놔둬."

"네."

마음 같아선 면책 나이를 올리고 싶었지만 그랬다간 이 마저도 없을 듯한지 얼른 대답한다.

"신을 팔아서 물질적 이득을 취했거나, 타인을 성(性)적으로 유린한 바 있으면 모두 제거 대상이야. 아울러 정상적이지 않은 재산 취득이 있어도 마찬가지고."

"정상적이지 않은 재산 취득이란 말씀은 뭐죠?"

"부동산 투기나 사채업 등을 뜻하는 거야. 신을 팔아먹는 놈이 투기하고, 돈 장사까지 했으면 살려둘 수 없지."

"알았어요. 그리고 또 있나요?"

"있지! 그런 것들 밑에 빌붙어서 조금이라도 이득을 취했거나, 하는 연놈들이 있으면 모조리 제거해."

"그것도 아래위로 2대씩인가요?"

"살펴봐서 관련이 없다면 빼주고, 아니라면 모두 제거해."

"인원수에 상관없이요?"

"BD봇 90만 개 남았다고 했지?"

"네! 하나도 안 썼으니까요."

"그걸 다 써도 돼."

"엥? 그거 쓰면 목숨을 잃는 것과 같다는 거 아시죠?"

"알아! 하지만 어쩌겠어. 징벌 대상인 것을!"

"네? 징벌 대상이요?"

도로시는 현수의 뜻을 이해하지 못하였다. 뭔 소린가 싶었던 것이다.

데이오와 가이아로부터 신력을 넘겨받은 현수는 그들이 떠나면서 남기고 간 사념체와 조우했다.

"그대는 '평화와 번영의 신'이 되어주시게. 아울러 성녀를 많이 사랑해 주길 바라네."

"그대에게 '징벌하는 이'라는 칭호를 넘겨주네."

가이아가 남긴 뜻은 충분히 이해되었다.

하지만 데이오가 남긴 건 뭔가 싶었다. 하여 학자들로 하여금 '징벌하는 이'에 대한 자료를 찾아오라 지시했다.

그 시간은 그리 오래 걸리지 않았다.

오래된 문헌에 징벌하는 이에 대한 자료가 있었다. 500년쯤 전의 인물이 신으로부터 계시를 받을 때의 내용이다.

너희는 불의와 화합하지 말고, 악행 또한 행하지 말라.

악의를 품는 것만으로도 '징벌하는 이'의 분노를 사 그의 칼을 맞을 수 있느니라.

신계(神界)의 칼은 영혼까지 소멸시키며, 징벌하는 이에겐 아무런 업보도 쌓이지 않으니 거리낌이 없도다.

다시 당부하노니 불의와 화합하지 말고, 악행 또한 행하지 마라. 징벌하는 이의 분노가 무섭구나.

신계에 '징벌하는 이'라는 지엄한 존재가 있으며 그의 분노를 사서 처벌을 받으면 환생 따위는 꿈도 꿀 수 없게 된다는 내용이다.

현수는 이를 확인하기 위해 아공간에 담겨 있던 데이오의 징벌을 꺼내 들었다.

그러고는 사형이 확정된 흑마법사를 베었다.

곧이어 부활마법을 구현시켜 보았는데 다시 깨어나는 듯하더니 이내 다시 늘어졌다.

마법의 힘에 따라 육체는 깨어나려 했지만 영혼이 깃들지 못하여 소생하지 못한 것이다.

이날 이후 흑마법사들을 처단할 때마다 데이오의 징벌을 뽑아 들었다. 환생할 수 없도록 싹을 잘라 버린 것이다.

이를 본 신하들은 황제의 신위에 감탄을 금치 못하였다.

그러고는 소문 하나를 번지게 하였다.

황제의 검에 죽으면 영혼마저 말살된다는 내용이다. 그 결과 제국의 범죄율은 대폭 줄어들었다.

본시 '징벌하는 이' 라는 칭호는 데이오의 것이었다.

흑마법사나 리치, 마족 같은 어둠의 종자를 제거했는데 다시 환생하면 골치 아픈 때문에 부여받은 권능이다.

그런데 이걸 넘겨주고 간 것이다.

이계의 이실리프 제국에선 데이오의 징벌에 목숨을 잃어야 영혼이 소멸된다 생각하지만 실상은 이와 다르다.

현수의 명령에 의해서 처벌받으면 누구의 손에 죽든, 어떤 형벌로 세상을 떠나든 같은 효과를 낸다.

2016년 현재 변형 캔서봇이나 데스봇이 사용된 이후 상당히 많은 연놈들이 목숨을 잃었다.

아파트 옥상에서 뛰어내렸든, 온몸에 전이된 암세포 때문에 죽었든 이들은 결코 제삿밥을 먹을 수 없다.

스스로 목숨을 끊었어도 현수의 처벌이 원인이므로 영혼이 소멸되어 버리기 때문이다.

따라서 이들을 추모하거나 제사 지내는 행위는 아무런 의미도 없는 헛짓거리에 불과하다.

예멘, 시리아, 이라크 등지의 IS 놈들과 필리핀과 지나의 보이스피싱 조직원들도 영혼이 말살된다.

이들뿐만이 아니다.

못된 품성을 지닌 맘카페 회원, 특정 사이트 회원, 댓글 알바 등 현수로부터 처벌을 받은 이들은 언제 사망하든 그와 동시에 영혼이 소멸된다.

이번에 BD봇 투여대상이 된 사이비들과 그를 따라 못된 짓을 하던 연놈들도 신의 곁에 갈 수가 없다.

영혼조차 없는데 어찌 신의 백성이 될 수 있겠는가!

"정말 90만 개를 다 써요? 그 정도면 전 국민의 2% 정도에 해당돼요."

"한국에 사이비들이 그렇게 많아?"

"네, 많기는 엄청 많아요."

실제로는 이 정도가 아니지만 재고해보라는 뜻으로 한 말이다. 그런데 현수는 개의치 않는 모양이다.

"쌀과 공기만 축내는 인생이니 모조리 지워야지."

"……!"

"왜 대답을 안 해? 전부 투여하라고."

"네, 알았어요."

도로시는 맥없는 대답을 했다.

"그리고 마약을 제조하거나 들여오는 놈, 그리고 유통하는 놈들을 찾아서 그놈들에게도 투여해."

"전부요?"

"그래! 한 번이라도 그런 짓을 했으면 모두 제거 대상이야. 그리고 그에 직접적으로 연루된 자들 포함이야! 알았지?"

"네!"

도로시도 마약사범에 대해선 이의가 없는 모양이다.

"아울러 도박하는 것들도 제거해."

"그건 조금 더 자세한 기준을 주세요. 100원짜리 고스톱까지 처벌할 수는 없잖아요."

"일단은 도박장을 개설한 놈들부터 조져. 거기서 사채놀이하는 것들도 마찬가지야."

"그러고요?"

"속임수로 남의 돈을 따 간 것들도 용서할 수 없지."

"전부요?"

"그래, 전부! 정신상태가 뼛속까지 썩어빠진 연놈들이니 구제해줄 이유가 없잖아."

"저어, 국가에서 승인한 도박장들도 있어요."

"그거 승인해 준 놈들도 모두 제거해. 경마장(競馬場), 경륜장(競輪場), 그리고 경정장(競艇場)도 마찬가지야."

"전부요?"

"그래! 전부."

현수의 음성은 단호했다.

"국가에서 도박을 허락하는 건 마약을 허가한 것이나 마찬가지로 미련하고, 미친 짓이야."

"……!"

"아울러 도박장 근처에서 폭력을 휘둘러 이득을 취한 폭력배들도 몽땅 지워버리고."

"그럼 인원이 너무 많아요. 조금 전에 말씀하신 사이비와 그 떨거지 숫자만 해도 어마어마해요."

"그래? 그럼, 속임수를 쓴 놈들은 양쪽 손을 쓸 수 없도록 인대를 끊어. 아니다! 그 정도로는 부족해."

"그럼 어떻게 할까요?"

"양쪽 눈의 시력을 빼앗아. 그건 쉽지?"

"에? 눈알을 몽땅 뽑아내라고요?"

"아니! 눈동자를 파괴하면 되잖아. 시신경을 끊던지. 방법은 도로시가 찾아내. 앞만 못 보게 하면 되니까."

"도박장 근처 폭력배 등은 어떻게 할까요?"

"그놈들도 똑같이 해줘. 참, 사이비들이 엄청 많다고 했지?"

"네!"

"그럼 명령을 수정할게."

"말씀하세요."

"사이비와 떨거지들에겐 BD봇을 투여하고 모든 재산을 몰수해. 마약과 관련된 자들도 마찬가지야."

"네! 도박과 관련된 자들은 어떻게 할까요?"

"양쪽 시력을 모두 빼앗고, 전 재산을 몰수해."

"시력과 재산이요. 네! 알겠어요."

"남는 게 있다면 조금 전에 말했던 미국과 이스라엘의 네오콘과 매파들에게 써."

"만일 숫자가 부족하다면요?"

"전쟁과 직접적 관련이 있는 자부터 시작하여 영향력이 낮은 자의 순으로 투여해."

"알겠어요."

도로시는 힘없는 어투로 대꾸했다.

"참, 타깃봇은 얼마나 있어?"

목표를 뜻하는 Target과 Robot의 합성어이다. 이미 발병된 암세포에 직접 주사를 하도록 되어 있다.

일주일 내에 모든 암세포의 활력을 정지시키며 대식세포가 암세포를 포식하도록 하여 말끔히 치료하도록 한다.

암이 확인된 환자에게 투여하는 나노로봇이다.

"그것도 90만 개 그대로 남아 있어요."

"그건 쓰지 말고 잘 보관해 둬."

"알았어요. 참, 윤미지 비서에게 하나 쓸까요?"

"윤 비서…? 아! 그렇지."

민윤서의 아내 윤영지의 동생 윤미지 역시 중증근무력청색경화증 때문에 목숨을 잃게 될 예정이다.

참고로, 민윤서에게 Y-메디슨을 맡기면서 한 약속이 난치병인 근무력증 치료제 개발이었다.

"윤 비서 현재의 몸 상태는?"

"지금 병원에 가면 진단이 나올 거예요."

"뭐…? 벌써 발병되었다고?"

"네! 근데 완전 초기라 본인은 자각하지 못하고 있어요."

"그럼 단체로 정밀검사를 받도록 해."

윤미지 하나만 정밀검사를 하라고 하면 틀림없이 의심할 것이기 때문이다.

"알겠어요. 그렇게 지시할게요."

"엘릭서와 타깃봇이 있어야 한다고 했지? 그거 따로 빼놔."

"넵! 그나저나 E—GR 하나를 조인경 비서에게 보냈어요."

"조 부장에게……? 왜?"

"얼마 후면 서른이 되잖아요. 그전에……."

보아하니 설명이 길어질 듯하다. 그리고 무슨 말을 할지 충분히 짐작되었다. 하여 얼른 말을 잘랐다.

* * *

"알았어, 잘했네."

E—GR은 딱 9병만 있었다.

권지현, 강연희, 서연, 세란, 예린, 정민, 연진, 그리고 김지윤에게 복용시켰고 하나 남았었는데, 이걸 조인경에게 보냈다는 뜻이다.

* * *

택배박스의 포장을 푼 조인경은 멍한 시선이 되었다.

우체국 택배박스 안에는 외부 충격을 막아줄 포장용 에어캡으로 감싸인 고급스러운 박스 하나가 들어 있었다.

내용물은 반지도 아니고, 시계도 아닌 것 같다.

그러기엔 조금 컸다. 뭔가 싶어 조심스레 뚜껑을 열어보니 아주 예쁜 크리스털 병이 벨벳에 감싸여 있다.

병 자체만으로도 예술품이라는 생각이 들 정도로 멋있는데 이 병의 겉에 쓰인 파란색 글씨는 더욱 멋졌다.

병의 겉면엔 'E—GR'이라고 쓰여 있었는데, 누군가의 캘리그래피(calligraphy)인지는 알 수 없으나 아주 멋진 글씨체였다.

동봉된 카드를 펼쳐 보았다.

Beloved In Kyung!

다음 출장엔 꼭 동반할 테니 섭섭해 하지 않길 바라.

병에 담긴 액체는 체내 노폐물을 배출시키는 데 특효가 있는 물질이야. 이외에도 여러 효과가 있어.

이거 진짜 어렵게 구한 거니까 꼭 다 복용해. 한 방울도 남기지 말고 단숨에!

사흘쯤 지나면 놀라운 효과를 확인할 수 있을 거야.

자기 직전에 복용하길 권하고, 매트리스 위엔 반드시 비닐을 깔아야 할 거야.

아울러 창문도 활짝 열어놓고 자길 권해.

체내에 축적되어 있던 노폐물이 배출되면서 아주 고약한 냄새가 2~3일간 지속될 수 있어.

지금 가는 곳은 전화나 인터넷 사정이 그리 좋지 못해. 그러니 연락이 안 되더라도 걱정하지 말아.

당분간 일이 없을 테니 일주일 휴가를 줄게. 그동안 푹 쉬면서 아버님과 좋은 시간 보내.

Sincerely yours Heins.

전부 영문이고, 분명 현수의 필체이다. 이를 보고 있는 조인경의 동공이 마구 흔들리고 있다.

첫머리의 'Beloved' 때문이다. 이 단어의 사전적 의미는 다음과 같다.

1. 총애받는, 인기 많은
2. (대단히) 사랑하는
3. 대단히 사랑하는 사람, 연인

인경은 2번이나 3번으로 해석하고 있다. '대단히 사랑하는 인경', 또는 '나의 연인(戀人) 인경' 이런 식이다.

맺음말에 사용된 'Sincerely yours' 또한 다른 의미로 받아들여지고 있다.

이는 편지의 맺음말로 관용어구처럼 사용되는 것인데 주로

'당신의 진실한 벗으로부터' 라는 의미로 주로 쓰인다.

Sincerely는 부사(副詞)로서 '진심으로' 라는 뜻을 가졌다. 형용사 Sincere(진정한, 진심의)에서 파생된 어휘이다.

이것의 뒤에 Yours라는 소유대명사를 붙였다. 둘을 합치면 '진심으로 너의 것' 이라는 해석이 가능하긴 하다.

그런데 영문법을 보면 부사(副詞)는 명사를 수식하지 않는다. 동사나 형용사, 또는 다른 부사와 그에 상당하는 구(句)와 절(節)을을 수식할 뿐이다.

명사를 수식할 수 있는 건 오로지 형용사 또는 그에 상당하는 형용사구와 형용사절 뿐이다.

학창시절 내내 달달 외우고 있던 내용이다. 그런데 이런 문법 따위는 까맣게 잊은 채 가슴 떨려 하는 것이다.

현수가 지윤과 단둘이 출장을 가게 되었음을 알게 된 이후 왠지 모르게 몹시 불안하고 초조했다.

처음엔 왜 그런지 몰랐으나 비행기가 이륙할 시각이 되자 그게 뭔지 깨달았다.

조인경은 지금껏 연애다운 연애를 해본 적이 없다.

따라서 사랑하는 이가 다른 여자와 여행 갔을 때의 감정을 느껴본 바 없다. 그런데 딱 그런 느낌 같았다.

그때부터 계속 서성이며 손톱을 물어뜯었다. 뭔가 불안하고 초조할 때 튀어나오는 습관이다.

퇴근하여 집으로 오는 동안에는 '같이 가겠다고 강력하게 우길 것을' 하는 생각을 하다 눈물까지 흘렸다.

김지윤은 외부담당이고, 자신은 내부담당인지라 처음엔 이번 출장에 빠지는 것이 당연하다 생각했다.

그런데 막상 떠나보내고 나니 아뿔싸 하는 마음이다.

단둘이 떠났으니 어디 가서 무엇을 할지 아무도 모른다. 그 중엔 자신이 우려하는 일이 있을 수도 있다.

구체적으로 말할 수 없지만 상상하는 것만으로도 몹시 이상하고, 허전한 기분이다. 뭔가 아주 소중한 것을 강탈당한 기분이 든 것이다. 하여 눈물까지 흘린 것이다.

집에 도착하여 부친을 살펴보니 편안히 주무시고 계셨다. 이곳으로 이사 온 후 확실히 상태가 좋아지셨다.

하여 살그머니 문을 닫고는 욕실로 가서 샤워를 했다. 그러면서 또다시 눈물을 흘렸다.

아무리 생각해 봐도 잘못된 선택을 했다는 후회 때문이다. 그렇게 흐르는 물에 눈물을 섞으며 한참을 흐느꼈다.

간신히 진정하고 샤워를 마치곤 방으로 들어왔는데 못 보던 박스가 놓여 있다.

도로시가 현수 이름으로 보낸 택배박스였다.

간병인 아주머니가 포스트잇으로 오늘 오후에 당도했다는 메시지를 남겨두었다. 날짜를 보니 어제 발송한 것이다.

이런 일은 한 번도 없었기에 고개를 갸웃거리며 테이프를 떼어냈던 것이다.

"응? 이건 뭐지?"

잠시 크리스털 병 속의 액체를 응시하던 인경은 침대 커버와 패드를 벗겨냈다. 카드에 적힌 내용 때문이다.

이사하면서 새로 산 매트리스는 아직 비닐에 감싸여 있다. 조금이라도 오래 쓰려고 일부러 뜯지 않은 것이다.

창문도 열어놓았다. 여기 이사 와서 좋은 점이 여러 가지가 있었는데 그중 하나는 모기가 없다는 것이다.

22층이라 그런지 방충망까지 열어놔도 괜찮았다.

잠자리 화장을 하곤 매트리스 위에 걸터앉아 엘릭서가 담긴 병의 뚜껑을 열어보았다.

"흐으~ 음! 와아, 냄새가……."

폐부 가득히 청량함이 밀려든다.

냄새만으로도 몸에 좋을 것이라는 믿음이 갔다. 하여 한 방울이라도 증발할까 싶어 얼른 입을 대고 마셨다.

꿀꺽, 꿀꺽―!

마지막 방울까지 탈탈 털어서 마시곤 자리에 누웠다.

"아아, 전무님~!"

인경은 저도 모르게 나직이 속삭이고 있었다.

"믿어요! 절 아껴주세요."

주어가 없어 뭔 소린지 모르겠으나 계속 비슷한 소리를 중얼거리던 인경은 꿈나라로 접어들었다.

그리고 얼마 지나지 않아 진한 갈색 땀이 배어나오기 시작했고, 그와 동시에 꾸리꾸리한 냄새가 풍긴다.

대류현상에 의해 창밖으로 흘러나간 냄새는 기류를 타고 바로 옆 동 25층 창문 곁을 스쳤다.

최상층인지라 마음 놓고 담배를 피우고 있던 사내가 코를 틀어쥐며 투덜거린다.

"우악! 이게 뭐야? 누가 똥 싸? 근데 아래층에서 똥 싸는 냄새가 왜 여기까지 올라오는 거야? 으윽!"

서둘러 담배를 끄고는 창문을 닫아버린다.

이 냄새는 밤새도록 풍겨 나와 밤섬 쪽으로 흘러갔다.

잠자리에 들었던 새들이 푸드덕 날아오른다. 그들에게도 역한 냄새였나 보다.

다음 날, 여느 날처럼 일찍 일어난 인경은 축축해진 잠옷을 보고 화들짝 놀란다.

"어머! 이게 왜……? 으윽! 냄새."

화장실로 뛰어 들어가 몇 번이고 샤워를 했지만 꾸리꾸리한 냄새는 쉽게 제거되지 않았다.

간신히 냄새를 지운 인경은 회사로 전화를 걸었다.

─네! 비서실 이수린 과장입니다.

"아! 수린 씨, 나 조 부장인데요."

─네! 부장님. 좋은 아침입니다.

"그래요! 나 오늘부터 휴가를 쓸 거예요. 혹시라도 전무님으로부터 연락이 오면 휴대폰으로 연락 주세요."

―어라! 어디 아프세요?

"아니, 그냥 컨디션이 안 좋아서요."

―네에, 알겠습니다. 그럼 푹 쉬세요.

현수가 없는 동안 전무이사 비서실의 최고 책임자는 조인경이다.

그러니 따로 휴가를 통보할 필요가 없다. 그럼에도 혹시라도 현수가 찾을까 싶어서였다.

통화를 마친 인경은 욕조에 물을 받아놓고 입욕제까지 잔뜩 넣었다. 그러고는 하루 종일 그 안에서 살았다.

이런 생활은 꼬박 사흘간 이어진다. 노폐물이 상당히 많았던 결과이다.

본인은 못 느끼고 있지만 이 기간 동안 신체의 모든 불균형이 바로잡힌다.

덕분에 예쁘던 얼굴이 더욱 예뻐 보이게 되었고, 늘씬하던 몸매는 특별한 노력을 기울이지 않아도 늘 그 상태를 유지하게 되었다. 약간 틀어져 있던 골반도 제자리를 찾았다.

아울러 모든 유전적 결함까지 교정되었다.

마지막은 면역력 증강이다. 기존에 갖고 있던 사소한 증상들은 모두 해소되었다.

변비가 약간 있었고, 시력도 떨어져 있었으며, 신장 기능도 별로였다. 이밖에 축농증과 불면증, 편두통 증상도 있었다.

또한 만성피로와 더불어 손목터널증후군[6]과 거북목증후군[7]도 있었다.

직장 스트레스와 부친의 병간호로 인한 것이었다.

이 모든 것들이 완전히 개선되거나 완치되었다. 그리고 어떠한 질병에 걸리지 않는 면역력까지 갖게 되었다.

지구에서 가장 완전한 열 번째 인물이 된 것이다.

첫째는 현수이고, 둘째부터 아홉째까지는 권지현, 강연희, 그리고 다이안 멤버 다섯과 김지윤이다.

이전의 삶에서 현수가 아내들에게 사용했던 슈퍼포션의 업그레이드 버전을 복용했으니 당연한 일이다.

*   *   *

현수는 지윤을 힐끔 보았다. 조금 불편해 보이는 자세로 잠들어 있다.

"왜 따라온다고 해서… 쯧쯧!"

나직이 혀를 차곤 눈을 감았다. 기다렸다는 듯 도로시가 말을 한다.

"폐하! 여러 방법으로 전승되어 오던 잡다한 침술에 대한

---

6) 손목터널증후군 : 키보드나 마우스를 많이 써서 손목 신경과 혈관, 인대가 지나가는 수근관이 신경을 압박하는 증상

7) 거북목 증후군 : 눈높이보다 낮은 위치의 모니터 등을 장시간 내려다보아 거북의 목처럼 앞으로 구부러지는 증상

체계화가 마쳐졌는데 전송해 드려요?"

한의과대학에서 가르치지 않는 침법은 상당히 많다.

주로 왜정시대와 6.25전쟁을 거치는 동안 유실되었던 것들이다.

지나에도 상당히 많았는데 특유의 이기심 때문에 대대손손 가문 내에서만 전해지던 것이다.

도로시는 현수가 의사면허를 따겠다고 했을 때 전 세계 모든 컴퓨터에 접속하여 각종 자료들을 찾아냈다.

이 중엔 지나의 것들도 상당히 많았는데 이를 몹쓸 것으로 분류해 두었다.

질병을 다스리기 위한 침술이 아니라 침이 인체에 어떤 영향을 끼치는가를 기록한 것들이 상당했던 때문이다.

다시 말해 일제의 731부대에 버금갈 생체실험 결과들이 즐비했던 것이다. 이렇게도 찔러보고, 저렇게도 찔러보면서 반응을 기록한 것 등이 그것이다.

최근 도로시는 이것들을 다시 한번 검토하였다.

기록되어 있다는 것은 이미 누군가에 의해 실행에 옮겨졌었다는 뜻이다.

그로 인해 질병이 다스려졌는지 오히려 더 심해졌는지, 아예 목숨을 잃었는지는 알 수 없다.

아무튼 자료가 있으니 이를 체계화해보는 것도 좋은 시도라 생각했다. 하여 각종 자료들과 두루 대조하는 작업이 시작되었다.

허접한 데다 중구난방이었지만 자료의 양은 상당히 방대했고, 방향성도 각각이었는지라 결코 쉬운 일은 아니었다.

쓰레기 처리장에 하수종말처리장에서 퍼온 슬러지(Sludge)를 가득 부어넣고 휘휘 저은 후 시대별, 종류별, 연관성 별로 가지런히 정리하는 일이나 다름없다.

화타와 편작, 그리고 허준과 허임 등이 환생하여 1,000년쯤 정리를 해도 어림없을 정도로 많은 자료였다.

하지만 도로시가 누구인가!

어마어마한 연산 속도로 진즉에 분류를 끝냈고, 상관관계를 따져냈다. 그러고는 천차만별인 인체에 대응하여 하나의 자료로 도출해 냈다.

이 와중에 자료의 90% 이상이 서로 겹치거나, 다른 시각에서 본 자료라는 것도 확인되었다.

최종적으로 가상 3D 랜더링 작업으로 검증까지 마쳤다.

여기엔 기존 한의학에서 짐작도 못 하는 자료들이 상당히 많다.

너무 위험하다 판단하여 아예 도외시했던 것들 중 의외로 효과적인 것이 많았던 것이다

예를 들자면 이독치독(以毒治毒) 같은 것이다.

독을 독으로 치료해 내는 것은 화학작용에 의한 것이라 생각하기 쉽다.

아무리 강한 산성 물질이라도 알칼리 물질로 중화시킬 수 있다는 정도로 이해하면 된다.

여기에 인체의 상태가 고려되면 상황이 달라진다.

Chapter 05
—
스포츠 괴물

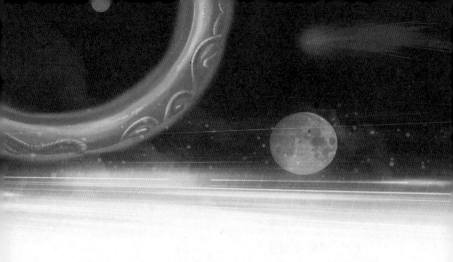

실수로 강한 산성물질을 먹었는데 이를 중화시키기 위해 강한 알칼리물질을 복용시키는 경우를 생각해 보자.

아마도 위에 도달하기도 전에 목숨을 잃게 될 것이다.

알칼리물질은 단백질을 녹이기 때문에 식도(食道)에 구멍부터 뚫을 것이기 때문이다. 따라서 인체와의 관계를 고려해야 했는데 문제는 획일성이다.

공산품의 경우는 같은 재질, 같은 구조, 같은 형태로 이루어져 있다. 하지만 인체는 아니다.

인구가 70억 명이면 각기 다른 70억 가지가 존재하는 셈이다. 따라서 인체가 가진 공통점까지 고려해야 했다.

그래서 시간이 오래 걸린 것이다.

"그래? 좋지."

잠시 후 현수의 뇌로 지금껏 알려지지 않았던 온갖 한의학적 지식이 쏟아져 들어갔다.

*　　　　　*　　　　　*

"하하! 어서 오시게."

"네, 장관님! 근데 어떻게 여길……?"

가에탄 카구지 내무장관이 공항까지 나온 것은 의외였다.

"하하! 우리 귀빈이니 당연히 이래야지. 그나저나 이 아가씬 애인이신가?"

짐짓 개구쟁이같이 능글맞은 웃음을 짓는다.

"아뇨! 제 비섭니다. 지윤 씨, 인사드려! 콩고민주공화국 내무장관님이셔."

"네? 아, 네에, 반갑습니다. 김지윤입니다."

지윤은 유창한 링갈라어를 구사했다.

비행기에서 현수에게 배운 말이다.

"하하! 우리말을 아주 잘하는군그래."

"에고, 인사만 간신히 합니다."

"하하! 그래, 그래! 그래도 어딘가? 이처럼 예쁜 아가씨가 우리말을 하니 기분이 좋네."

"네, 그나저나 제프는요?"

제프가 파동치료에 들어간 것은 지난 9월 17일이다.

이곳 사람들은 한 달쯤 후에 완치될 것이라 이야기했지만 도로시는 23일을 예측했다.

그렇다면 10월 10일이면 완치된다는 뜻이다. 그리고 오늘이 그 10월 10일이다.

"아들 녀석은 아주 좋네."

"다행이군요. 그럼 병원부터 가볼까요?"

"오! 그래주겠나?"

듣던 중 반가운 소리라는 표정이다.

"네, 그럼요! 가시죠."

현수와 지윤은 내무장관과 같은 차를 타고 무톰보 병원으로 향했다. 광학 스텔스 기능을 활성화시켜 사람들의 눈에 보이지 않는 신일호 등은 차를 따라 뛰었다.

한편 현수가 타고 온 항공기의 기장과 부기장, 그리고 승무원들은 버스를 타고 검역소로 이동하는 중이다.

특별한 증상이 없으면 은질리 공항 옆 공무원 연수원에 머물게 될 것이다. 최근에 완공된 건물로 한국으로 치면 4성급 호텔 수준이니 크게 불편하진 않을 것이다.

강가에 있어 낚시를 즐길 수도 있고, 곁에 축구장도 있으니 공도 찰 수 있다. 자유로운 외출만 할 수 없을 뿐 최하 4성급 호텔에 머무는 정도는 될 것이다.

"어! 통통(TonTon)……? 와아, 통통이다!"

참고로, 통통은 프랑스어로 삼촌이라는 뜻이다.

침상에 누워 있던 제프 카구지가 반색하며 환히 웃는다. 하지만 벌떡 일어나는 등의 행동은 하지 않는다.

파동치료기는 몹시 예민해서 자그마한 움직임에도 이상이 발생될 수 있으므로 가급적 움직이지 말라는 말을 단단히 기억하고 있는 때문이다.

"그래, 제프! 잘 있었지?"

"네! 통통! 저는 잘 있었어요."

"자아, 진찰 한 번 해볼까? 그래도 괜찮지?"

"네! 그럼요!"

제프는 이곳에 온 이후 몸이 좋아졌음을 대번에 느꼈다.

필라델피아 어린이병원에 있을 때는 늘 기운 없고, 머리가 무거웠으며, 우울했다. 그런데 눈앞의 아저씨를 만난 이후론 그런 증상이 사라졌다.

하루 종일 꼼짝없이 누워만 있어야 해서 곤욕이었지만 잘 버티기만 하면 나을 수 있다는 말에 꾹 참고 지냈다.

필라델피아에 머무는 동안 제프는 영어를 배웠다. 모국어처럼 쓰지는 못하지만 알아듣는 정도는 된다.

그동안 가망이 없다는 말을 여러 번 들었다. 그리고 그게 무슨 뜻인지 알게 되었다.

조만간 죽게 된다는데 마음 편할 사람이 몇이 있겠는가! 게다가 제프는 개구쟁이 소년이었다. 하지만 속은 깊었다.

엄마와 아빠 앞에서는 아무렇지도 않은 척, 아무것도 모르는 척했지만 혼자 있을 때는 많이 우울해했다.

신이 있는지 없는지 알 수는 없지만 왜 자신을 일찍 데려가려 하느냐며 원망도 했다.

그러다 현수를 만났다.

그 순간 이후 기적적으로 호전되기 시작했다. 지금은 기운 없지 않고. 머리가 무겁지도 않으며, 우울하지도 않다.

다 나은 거 같기는 하지만 혹시 몰라 가만히 있는 것이다.

제프는 현수가 청진기로 진찰을 하고 손목을 잡고 무언가를 할 때 숨죽이고 있었다.

같은 순간, 도로시가 제프의 현 상태를 보고하고 있었다.

'신체 상태 대체로 양호하네요. 급성 림프모구성 백혈병은 완치되었고요. 근데 근육이 너무 많이 빠졌네요. 이 녀석 회복운동 열심히 시켜야 할 거예요.'

'클린봇 하나 투여해.'

'그건 이미 투입되어 있어요.'

도로시와 대화를 마친 현수는 제프에게 시선을 주었다. 그러고는 가슴에 붙여놓았던 것들을 떼어냈다. 숨죽인 채 현수만 바라보고 있는 제프의 눈이 똘망똘망해 보였다.

"제프야!"

"네, 통통!"

"너 이제 다 나았다. 일어나도 돼."

"저, 정말요? 와아아!"

잠시 눈이 커졌던 제프가 자리에서 벌떡 일어나는가 싶더니 현수의 품으로 달려든다.

"통통! 고마워요! 정말 고마워요!"

둘의 영어 대화를 듣고 있던 제프 엄마가 무슨 뜻이냐는 표정을 짓는다.

"엄마! 나 다 나았대."

"…흐흑! 흐흐흑!"

백인이든 흑인이든 사람의 눈물은 다 똑같은가 보다.

제프 엄마의 눈에서 닭똥 같은 눈물이 뚝뚝 떨어진다. 곁에 있던 가에탄 카구지의 눈도 벌겋고, 축축하게 변했다.

"저, 정말인가?"

"네! 제프는 다 완치되었습니다."

"아아! 고맙네, 정말 고맙네."

말 떨어지기 무섭게 현수를 와락 끌어안는 가에탄 카구지의 눈에서도 굵은 눈물방울이 흘러나온다.

"그래도 암 표지인사 검사를 해보라고 하세요."

"그러겠네."

제프의 병실에서 요란한 소리가 나오자 옆 병실에 있던 미나쿠 오벤 하원의장이 들여다보다 현수와 눈이 마주쳤다.

가에탄 카구지와 포옹하는 중이라 움직임이 여의치 않았기에 눈으로만 반갑다는 인사를 했다.

이때 병원장이 다가서서 제프의 완치 사실을 알렸다.

"뭐어……? 정말인가?"

화들짝 놀라더니 다시 현수를 바라본다. 고개를 끄덕이고는 아내 되시는 알마 오벤에게도 곧 가겠다는 뜻을 표했다.

"제프야! 오랫동안 누워만 있어서 근육이 많이 없어졌어. 그래서 당분간 과격한 운동을 하면 안 된다. 알았지?"

제프가 고개를 끄덕일 때 현수의 말이 이어졌다.

"폴, 그 녀석이 네 사촌이지? 흐음, 그 녀석도 재활운동을 하고 있을 테니 같이 하면 되겠다."

현수가 파동치료기를 정리하면서 한 말이다.

"네에, 통통!"

"병을 이겨냈으니 나중에 맛있는 거 사 줄게."

"아! 정말요? 고맙습니다. 통통!"

"그래! 그동안 고생했다."

모든 기기를 떼어내자 제프는 다시 현수의 품에 매달렸다. 이를 마다하지 않고 녀석의 엉덩이를 툭툭 두들겨 주었다.

"우리 제프의 장래 희망은 뭘까?"

이 물음에 제프는 즉답을 했다.

"저도 통통처럼 아픈 애들을 고쳐주는 의사가 될래요."

"그래? 그럼 공부 열심히 하라는 뜻에서 선물 하나 줄까?"

"네에, 주세요."

"하하! 녀석, 잠깐 내려와 봐라."

현수는 지윤이 들고 있던 노트북을 받아 건넸다. LG에서 만든 것으로 아이들이 좋아할 게임이 깔려 있다.

지금은 공부보다는 뛰어놀 시기인지라 준비한 것이다.

"와아! LG노트북이다. 이거 디따 좋은 건데."

미국 병원에 있어봐서 그런지 대번에 알아본다.

"아! 선생님!"

현수가 병실에 들어서자 사무엘 오벤이 반색하여 일어선다. 병상에 누워 있던 알마 오벤도 웃음 짓는다.

"그간 안녕하셨죠?"

"그럼요! 선생님은요? 중요한 시험이 있다고 하셨는데."

"시험이요? 하하, 잘 봤습니다. 자아, 그럼 이제 진찰해 볼까요? 괜찮으시죠?"

"그럼요!"

현수는 제프를 진찰할 때처럼 했다.

'좌우 신장암 모두 완치되어 정상 작동하네요. 좌우시력을 2.0으로 모두 교정되었고요. 면역지수는 92네요. 아주 좋습니다. 당화혈색소는 4.3으로 내려왔어요.'

'다른 약 못 쓰게 했으니까 당뇨도 고쳐진 건가?'

'잠시만요.'

도로시는 알마 오벤의 체내 구석구석을 훑으며 보고했다. 그 시간은 그리 길지 않았다. 도로시의 보고를 모두 들은 현수는 알마 오벤에게 시선을 주었다.

"축하드립니다. 좌측 요로상피암과 우측 신실질암 모두 완치되셨어요."

"저, 정말요?"

"네! 그리고 당뇨병도 고쳐졌네요. 더 이상 인슐린 주사 안 맞으셔도 되고요. 오늘 퇴원하셔도 됩니다."

"……!"

"어머니……!"

"마누라! 축하해."

사무엘 오벤과 미나쿠 오벤이 거의 동시에 소리쳤다.

"사무엘 씨는 너무 격동하시면 안 됩니다. 진정하세요."

"네? 아, 네에."

사무엘 오벤은 고개를 끄덕인다. 하지만 눈에선 눈물이 흘러나오고 있었다. 감사의 눈물, 안도의 눈물일 것이다.

"뭐지……? 왜들 이래?"

지금껏 대화는 불어 아니면 링갈라어였다. 하여 지윤은 어찌 된 상황인지를 전혀 알 수 없었다.

환자가 웃고 보호자가 눈물을 뿌리다 웃는 걸 보면 좋은 일인 것 같다. 하여 이게 뭔 상황이지 하는 표정이었다.

그러다 우연히 병상에 걸린 패찰을 보았다. 환자의 이름, 나이, 성별, 그리고 병명이 기록되어 있었다.

제프의 패찰엔 'Leucemie aigue lymphoblastique'라고 쓰여 있는데 뭔 뜻인지 알 수 없었다.

'급성 림프모구성 백혈병'이라는 뜻인데 불어에다 의학용어인지라 알 수 없었던 것이다.

알마 오벤의 침상에 달아놓은 패찰엔 'Carcinome des voies urinaires'와 'Cancer nephrolithique', 그리고 'Diabete'이라 쓰여 있었다. 각각 '요로상피암'과 '신실질암', 그리고 '당뇨병'을 뜻하는 프랑스 의학용어이다.

다른 건 다 몰라도 딱 하나는 안다.

Cancer!

수많은 사람들을 죽음의 구렁텅이로 끌고 가는 아주 못된 인류의 적이다. 그런데 정황을 보아하니 암에 걸렸던 아주머니가 좋아진 모양이다.

하여 흐뭇한 시선으로 바라보고 있었다. 그러면서도 패찰에 달린 것들을 옮겨 적었다.

대체 뭐기에 이러나 싶었던 것도 있지만 본인이 알지 못하던 것을 하나씩 알아가는 재미를 느끼고 싶었던 것이다.

이런 호기심이 일류대학으로 이끈 원동력 중 하나이다.

알마 오벤의 병실을 나선 현수는 재활운동에 한창인 폴 쿠아레도 만나보았다.

녀석은 이제 많이 좋아졌으니 조만간 축구 한판 하자면서 자신이 한 수 가르쳐준다고 허풍을 떨었다.

폴은 현수가 5년 연속 발롱도르 수상자라는 것을 모른다.

메이저리그를 평정한 이후 축구도 해보라는 권유를 받았다.

하여 드리블과 프리킥 영상을 녹화한 뒤 EPL 구단에 뿌렸다. 참고로, 이런 비디오는 하루에 10개 정도는 전송된다.

하여 별 관심 없이 파일을 열었던 구단 관계자들은 첫 화면을 보는 순간 입을 딱 벌렸다.

등번호 00인 동양인이 월드시리즈 우승컵을 다섯 번이나 들어 올리는 영상으로 시작된 때문이다.

몇 년도인지 기록이 되었고, 복장과 배경이 달랐으니 다섯 번 우승했다는 뜻이다.

그러도 보니 작년에 MLB 은퇴와 동시에 명예의 전당에 헌액된 살아 있는 전설이었다.

*　　　　*　　　　*

그런데 공을 던지는 게 아니라 차고 있다.

누가 봐도 야구선수라 할 수 없는 모습이다. 드리블은 메시와 호나우두, 호나우지뉴를 합친 것보다도 더 현란했다.

이어진 것은 무지막지한 프리킥 영상이다.

찰 때마다 공이 좌우로 활처럼 휘어져 들어간다. 골키퍼의 영역 밖이라 손도 못 써보고 당하고 있다.

폭포수처럼 위에서 떨어지는 프리킥도 있었고, 바닥에 깔려 들어가다 위로 솟구치는 것도 있었다.

MLB를 제패한 전설이니 흥행성 만렙이다.

하여 모든 EPL팀으로부터 연락을 받았지만 현수가 택한 곳은 '허더즈필드타운 FC' 라는 팀이다.

그때의 이 팀은 총 38경기를 치렀었는데 3승 7무 28패로 EPL 20위였고, 한심한 성적이었다.

첼시, 맨유, 맨시티 등 쟁쟁한 팀들이 거액의 계약금을 제시했지만 현수는 이 팀을 택했다.

입단식 바로 다음 날 데뷔전이 치러졌는데 수많은 관중들이 운집했다. 현수의 명성 덕분이다.

그게 아니라면 꼴찌 허더즈필드타운과 1등 맨시티와의 경기를 누가 보러 오겠는가!

현수는 이 경기에서 5골 3도움을 기록했다. 그야말로 종횡무진하면서 골을 뽑아냈고, 어시스트를 한 것이다.

이후 허더즈필드타운은 단 한 번도 패하지 않았다.

출장만 하면 최하가 해트트릭인 선수가 있다. 게다가 도움도 해트트릭이다. 무조건 6점은 넣는다는 뜻이다.

이러니 어떻게 지겠는가!

어떤 게임에선 더블 해트트릭도 기록했다. 6골 9도움으로 맨체스터 유나이티드를 깨던 날이다.

6골 8도움으론 첼시를 깼고, 6골 7도움은 맨시티가 당했다. 토트넘 전에선 6골 6도움을 기록했다.

허더즈필드타운 선수들은 심기일전하여 현수로부터 기본기와 드리블 등을 다시 익혔다.

하여 입단 이듬해엔 EPL 전승 우승팀이 되었다.

무패 우승은 있었지만 모두 이겨서 우승한 것은 EPL 역사상 단 한 번도 없던 결과이다. 그다음 해에도 전승 우승이었고, 당연히 발롱도르를 수상했다.

허더즈필드타운이 다섯 번째 우승컵을 들어 올리던 날 현수는 축구계 은퇴를 선언했다.

그리고 그다음해엔 NBA에 모습을 드러냈다.

이미 82경기를 치른 뉴욕 닉스는 17승 65패로 꼴지를 달리고 있었다.

첫 경기에 나선 현수는 35초 이내에 18득점을 하여 트레이시 맥그레이디(Tracy McGrady)의 기록을 깨면서 시작했다.

그리고 이 경기에서 122득점을 올려 한 경기 최다득점 기록도 깼다. 이 중 3점 슛이 29개이다.

클레이 탐슨(Klay Alexander Thompson)의 기록 14개를 두 배 이상으로 늘려 버린 것이다.

리바운드 기록도 깨졌다. 31개의 리바운드를 했으며, 이 중

5개만 실패하여 26개의 어시스트를 기록했다.

관중들은 이게 대체 뭔가 하는 표정으로 바라보았다.

이날 신문의 1면 기사 제호는 다음과 같았다.

MLB과 EPL을 초토화시킨 괴물 농구계에 등장!!!

괴물은 NBA 점령을 선언했다.

모든 기록은 바뀔 것이다.

뉴욕 닉스는 5회 연속 우승의 금자탑을 세울 것이다!!

6년 후 이 기사가 실린 사이트는 성지(聖地)가 되었다.

첫해를 뺀 나머지 해 모두 전승 우승을 한 것이다.

경기당 50득점 이상 올렸고, 20개 이상의 리바운드를 잡아냈으며, 15개 이상의 3점 슛이 들어갔다.

상대팀 선수 모두가 완전히 포위를 해도 소용이 없었다. 지치지 않는 강철 체력을 자랑이라도 하듯 종횡무진했다.

마이클 조던의 '에어워크'는 '레비테이션(Levitation, 공중부양)'에 퇴색해 버렸다.

NBA 전설인 마이클 조던의 서전트 점프 기록은 109.2cm이다. 그런데 현수는 194.8cm가 기록이다.

이러니 어찌 비교가 되겠는가!

사실 이 기록은 힘 조절 실패 때문이다. 실제로는 110cm 정도만 뛰려고 했었다. 그래야 인간 같기 때문이다.

마음만 먹으면 10m 이상도 가능했다.

마법을 쓰면 100,000m 이상도 언제든 가능하니 세세한 힘 조절이 쉽지 않았던 것이다.

어쨌거나 현수가 서전트 점프로 194.8㎝를 뛰어오르던 날 세계의 모든 언론들이 호들갑을 떨었다.

2016년 5월 캐나다 온타리오주에서 제자리높이뛰기 세계기록이 경신된 바 있다.

24살의 에반 웅가(Evan Ungar)가 세운 기록인데 161㎝였다. 그런데 서전트 점프가 이보다 훨씬 높으니 언론의 호들갑은 당연한 일이다.

참고로, 서전트 점프는 제자리에서 수직으로 뛰어 오른 뒤, 직립 상태일 때의 머리 높이와 도약하여 도달한 머리 높이의 거리를 재서 평가한다.

제자리높이뛰기는 도움닫기를 하지 않고 바(bar)를 뛰어넘는 높이를 겨루는 육상경기이다.

이때 무릎을 굽힐 수 있으니 서전트 점프보다 높은 기록이어야 하는 것이 당연하다.

현수가 무릎을 굽혔다면 제자리높이뛰기 기록은 200㎝를 넘겼을 것이 분명하다.

아무튼 농구 골대인 림(Rim)의 높이는 305㎝이고, 현수의 서전트 점프 기록은 194.8㎝이다.

둘 사이의 차이는 불과 110.2㎝이다.

현수는 NBA 농구선수치고는 아주 작은 184cm였지만 도움닫기를 하면 서전트 점프 때보다 훨씬 높이 뛰어오르므로 림이 허리 아래에 있는 경우가 종종 있었다.

이 상태에서 공을 떨어뜨려 여러 골을 성공시킨 바 있다.

그런데 이쯤 되면 덩크슛이라 칭하기엔 부족함이 있다. 하여 드롭 슛(Drop Shoot)이라는 새로운 용어가 생겨났다.

축구용어가 아니라 농구용어이다. 림보다 훨씬 높은 위치에서 그냥 떨구는 슛을 뜻한다.

어쨌거나 현수는 강철 같은 체력으로 모든 리바운드를 따냈음을 물론이고 제자리 덩크슛도 무수히 성공시킨 바 있다.

유사 이래 최대 활약을 펼쳤지만 다섯 번째 우승컵을 들던 날 미련 없이 은퇴를 선언했다.

그러자 미국 각지에서 화려한 불꽃놀이가 시작되었다.

그동안 외계인의 공습을 받아 힘 한번 못 써보고 패배만 했었는데 드디어 해볼 만하다 생각했던 것이다.

하지만 다른 팀의 이런 생각은 틀렸다.

현수가 머물던 6년 동안 뉴욕 닉스는 환골탈태하였다. 하여 두 번 더 연속해서 우승컵을 들어 올렸던 것이다.

그리고 얼마 지나지 않아 등장한 곳은 PGA였다. 프로 골퍼 자격을 따느라 꾸물거렸던 것이다.

아무튼 현수가 나타나자 골퍼들은 괴물의 등장에 잔뜩 긴장했다. 이번에도 파란(波瀾)을 일으킬까 두려웠던 것이다.

현수의 프로 데뷔 경기는 웰스파고 챔피언십이 열리는 노스캐롤라이나 샬롯 퀘일 할로우 클럽(파72, 7,442야드)에서 치러졌다. 어렵기로 악명이 높은 코스 중 하나이다.

특히 16번 홀부터 18번 홀까지 마지막 세 홀은 PGA 투어 선수들이 가장 플레이하기 두려워하는 마무리 홀이다.

하여 이 세 홀에는 '그린 마일(Green mile)' 이란 무시무시한 별명이 붙어 있다.

참고로, 그린 마일은 사형수가 감방에서 나와 사형집행실까지 가는 복도에 깔린 초록색 리놀륨을 가리키는 은어이다.

16번 홀은 파4이고, 17번과 18번 홀은 파3이다.

현수는 첫 등장에서 18개의 이글을 선보였다. 모든 홀에서 −2타씩 총 −36타를 쳐서 코스 신기록을 낸 것이다.

당연히 대서특필되었다.

MLB, EPL, NBA를 박살 낸 괴물!
종목을 바꿔 골프 정복을 선언.
아아! 이제 골프계의 암흑기가 시작되었다.
PGA 선수들이여!
향후 6년은 우승을 꿈꾸지 마시라.

이날부터 우승컵 수집이 시작되었다. 그리고 전 경기 우승을 했다. 백미는 6년을 마무리하는 마지막 경기였다. 18개 홀을 전부 홀인원으로 끝내 버린 것이다.

─54타! 이 기록을 누가 깰 수 있겠는가!

현수가 은퇴하던 날 골퍼들은 탄식을 터뜨렸다.

모든 코스에서 아무도 깰 수 없는 신기록을 세운 때문이다.

특히, 모든 홀 홀인원은 선수들에게 자괴감 내지는 공포감을 선사했다.

어쨌거나 골프계는 시원섭섭해했다.

거의 모든 스포츠 종목 인사들이 두려움에 떨었지만 딱 하나 UFC에서만은 오고 싶으면 오라고 했다.

현수는 4개 종목을 섭렵하는 동안 24년을 지냈다.

기록에 의하면 야구를 시작한 나이가 23세이다. 24년이 지났으니 47세이다.

종합격투기 선수로 뛰기엔 너무 노령이다.

하여 UFC에선 언제든 선수 등록을 해주고 곧바로 챔피언과 붙여주겠다고 호언장담을 했다.

현수는 피식 웃고 데뷔전을 준비했다. 그러는 사이에 상대가 정해졌는데 진짜 세계챔피언이었다.

UFC는 4종목 괴물이 도전했다며 온갖 선전을 다 했다. 아마도 광고 수입이 짭짤했을 것이다.

첫 경기에 나선 챔피언은 3초 만에 기절했다.

억울하다고 재경기를 하자고 해서 다시 해줬고, 또 3초 만에 기절시켰다. 딱 한 대 맞고 맛이 간 것이다.

이후 날고 긴다는 선수들이 도전했지만 모두 3초 만에 캔버스에 누워 신음해야 했다.

한 대 맞으면 링 밖으로 떨어질 정도이니 당연한 일이다.

그나마 사정을 많이 봐줘서 그 정도이다.

제대로 갈기면 맞고 나가떨어지는 게 아니라 글러브 크기의 구멍이 뚫려 즉사한다..

오기가 솟았는지 UFC는 거의 일주일 간격으로 시합을 잡았고, 현수는 모두 이겼다.

1년 후 아무도 도전하는 이가 없었기에 은퇴했다.

그러는 동안 축구, 농구, 배구, 테니스, 미식축구, 권투 등 모든 경기에 명예의 전당이라는 것이 생겨났다.

그리고 그것의 가장 앞에는 현수의 이름이 등재되었다.

모든 경기의 정관에는 한 번 명예의 전당에 헌액된 사람은 은퇴를 번복할 수 없다는 규정이 생겨났다.

현수가 오지 못하게 막은 것이다.

어쨌거나 현수는 MLB, EPL, NBA, PGA, UFC를 초토화시킨 장본인이다. 그런데 꼬맹이 폴 쿠아레가 축구 한판 붙자고 한다. 하여 피식 웃어주었다.

"엄마 젖 더 먹고 키가 더 큰 다음에 오렴!"

"칫! 아저씨, 못 됐어. 난 할 수 있어요. 있단 말이에요."

"오~! 그래? 근데 아저씨는 크고 폴은 작잖아? 그렇지?"

"네."

"그럼 폴이 불리하니까 이럼 어떨까?"

"뭘요?"

"너, 제프 알지."

"네! 사촌이에요."

"그래! 제프가 오늘 퇴원할 거야. 근데 폴처럼 근육이 없어서 재활운동을 해야 하거든? 니가 도와줘서 제프가 팔팔해지면 그때 한 경기 하자. 괜찮지?"

"정말요? 약속!"

현수는 새끼손가락을 걸어 약속을 해주었다. 지윤은 이런 모습을 흐뭇한 시선으로 바라보고 있었다.

"근데 저 아인 어디가 아파서 여기 있었던 거예요?"

곁의 서 있던 하얀 가운을 입은 사내에게 물은 말이다. 백인이고, 가슴에 명찰이 붙어 있는데 이름이 마크 윌슨이다.

미국인 또는 영국인 이름 같기에 영어로 물었다. 예상대로 영어를 알아듣는다.

"폴이요? 저 아인 교통사고로 인한 식물인간 상태였어요."

"식물인간이요?"

"네, 영국의 The Royal London Hospital에 꽤 오래 있었는데 여기 와서 깨어났네요."

"그럼 영국 병원에서 포기했었단 말이에요?"

"맞아요. 1년 이상 의식이 없었으니까요. 여기까지 합치면 3년이 넘었네요."

"헐! 근데 어떻게 깨어난 거예요? 아주 멀쩡해 보이는데."

"여기 와서 하인스 킴이라는 의사가 만든 의료 기구를 써서 사흘 만에 깨어났다고 하더군요."

"말도 안 돼!"

지윤은 저도 모르게 소리쳤다.

"나도 그렇게 생각해요. 근데 사실이에요. 내가 제프의 주치의였거든요."

Chapter 06

—

드디어 합방?

　마크 윌슨도 폴 쿠아레가 깨어났다는 소식을 듣자마자 말도 안 된다고 소리쳤다. 가능한 모든 방법을 썼음에도 의식을 되돌릴 수 없었던 때문이다.

　이에 후조토 쿠아레는 못 믿겠으면 직접 와서 확인하라고 항공권을 보냈다. 이에 마크 윌슨은 즉각 출국했다.

　폴 쿠아레는 런던에 있는 동안 여러 시술을 받았는데 그중 하나 때문에 어깨에 화상이 생겼다.

　찌그러진 하트처럼 생긴 흉터가 되었는데 그걸 확인해 보니 폴 쿠아레가 맞다. 하여 어떻게 해서 깨어났느냐는 물었더니 엉성하게 생긴 파동치료기를 보여주었다.

마크 윌슨은 말도 안 된다고 하였지만 무툼보 병원의 의료진은 모두 맞다고 하였다.

하여 하인스 킴이라는 의사를 만나게 해달라고 하였다.

그런데 한국으로 갔다고 한다. 그리고 하인스 킴이 투자 제국의 황제라는 놀라운 이야기를 들었다.

세계 최고의 부자가 뭐가 아쉬워서 이런 후진국까지 와서 의술을 베풀었는지 알 수는 없다.

다만 거짓은 아닌 것 같다는 느낌이었다. 하여 현수가 올 때까지 기다리고 있었던 것이다.

드디어 장본인이 나타났다. 딱 보니 그냥 동양인 청년이다. 아이와 친밀한 듯 이야기를 주고받으며 환히 웃는다.

마크는 고개를 갸웃거렸다. 사이코패스가 아닌 이상 저런 웃음을 짓는 악인은 없다 생각한 것이다.

"더 놀라운 게 뭔지 알아요?"

"뭐죠?"

"저 의사가 이 병원에서 뇌수술을 했다고 하네요."

"네? 근데 그게 뭐 어때서요?"

"여긴 뇌수술을 할 만한 의료기구가 턱없이 부족한 곳이에요. 총알이 빗발치는 전쟁터 한복판에서 간 이식 수술을 했다는 거나 다름없다고요."

마크 윌슨은 이곳에 와서 계속 놀라고 있었다.

사무엘 오벤의 수술 장면은 비디오로 녹화되어 있었다.

이걸 본 것이다. 고도의 정밀함이 요구되는 수술을 두 손만으로 해결했으니 어찌 놀라지 않겠는가!

"게다가 신장암 환자와 급성 림프모구성 백혈병 환자도 치료하고 있다고 해요. 본인은 한국에 있으면서!"

매일 화상통화를 하여 제프와 알마 오벤의 상태를 확인한 게 이렇게 설명되는 모양이다.

"네……? 방금 뭐라고 하셨죠?"

"이게 말이 되냐고요."

"아니, 그거 말고요. 방금 신장암이라고 하셨나요?"

말을 하며 수첩에 적었던 것을 보여주었다.

"Leucemie aigue lymphoblastique 이거는 급성 림프모구성 백혈병이라는 뜻이에요. 불어죠."

"그럼 이거는요?"

뒷페이지를 보여주니 마크가 따라 읽는다.

"Carcinome des voies urinaires은 요로상피암이고, Cancer nephrolithique는 신실질암을 뜻하는 프랑스 의학용어예요. 이거 두 개가 신장암을 뜻하는 거예요."

"그럼 백혈병과 암도 고친다는 건가?"

지윤이 중얼거리자 마크가 물었다.

"방금 어느 나라 말이에요? 그리고 무슨 뜻이고요."

"한국말이에요. 그리고 조금 전에 백혈병과 신장암 환자를 만나고 왔어요. 근데 둘 다 나은 것 같았어요."

"네에? 하나는 필라델피아 어린이병원에서 포기한 환잔데다 나았다고요?"

제프 카구지에 대해 아는 바가 있는 모양이다.

"네! 프랑스 말인지 링갈라어로 대화를 나눠 정확한 뜻은 모르지만 완치되었다고 한 거 같았어요."

"헐! 말도 안 돼."

마크 윌슨이 저도 모르게 소리치자 현수가 시선을 돌렸다.

"지윤 씨! 무슨 일 있어?"

"네? 아, 아뇨! 근데 조금 아까 봤던 아이가 혹시 백혈병이었어요? 아주머니는 신장암이고요?"

"웅! 맞아. 근데 왜?"

너무도 태연한 반응이다. 점심에 뭐 먹었느냐고 물었더니 김밥과 라면을 먹었다는 표정이다.

"그분들 혹시 완치된 거예요?"

"누구? 아! 제프하고 오벤 부인? 맞아! 둘 다 나았으니 퇴원해도 된다고 했어."

"끄웅!"

지윤은 낮은 침음을 냈다. 믿을 수 없는 현실과 조우한 듯한 느낌이 든 때문이다.

곁에 있던 마크가 물었다.

"뭐라고 그래요?"

"백혈병과 신장암 모두 완치되었다네요. 그래서 퇴원하라고 했대요."

"끄으응~!"

마크도 비슷한 침음을 내며 입을 다문다.

이때 현수는 폴에게 시선을 되돌렸다.

"폴! 제프는 아직 약하니까 잘 부탁해."

"네! 염려 놓으세요. 제가 잘 가르쳐 줄게요."

"그래, 또 보자."

현수는 성큼성큼 걸어 밖으로 나갔다.

제프 카구지에게 완치 선언을 한 뒤 현수는 로라 카구지를 채혈하도록 했다.

왜 그러느냐는 물음에 아무래도 유방암 초기 같다는 말을 하여 가에탄 카구지의 심장이 철렁하게 만들었다.

"내 아내 말이네. 괜찮을까?"

가에탄 카구지의 낯빛이 아주 안 좋다. 아들은 좋아졌는데 이번엔 아내가 아프다니 신경 쓰여서 그럴 것이다.

"그럼요. 아직 초기라 일주일 정도면 완치될 거 같네요."

"저, 정말 일주일이면 되는가?"

가에탄 카구지의 떨리는 음성이었다.

"알마 오벤 부인 못 보셨어요? 좌우 신장 모두에 암이 있었는데 멀쩡하게 퇴원하잖아요."

현수의 태연스러운 대꾸에 가에탄 카구지는 놀란 가슴을 쓸어내렸다. 그래도 이미 채혈을 했으므로 검사실로 보냈다.

곧이어 여러 검사가 속전속결로 이루어졌고, 최종진단은 유방암 초기가 맞았다.

현수가 폴을 만나러 온 사이에 이루어진 일이다.

재활실 밖으로 나가자 가에탄 카구지가 불안한 표정으로 있다가 얼른 다가선다.

"이, 이보게……!"

"결과 나왔죠?"

"그래, 자네 말대로 유방암 초기가 맞다고 하네."

"좋아요! 이제 병실로 가요."

현수는 제프가 입원해 있던 병실로 갔다. 거기엔 환자복을 입은 로라 카구지가 처연한 표정으로 앉아 있었다.

조금 전까지는 팔팔하던 보호자였는데 졸지에 죽을 날을 받아 든 환자가 되었다 생각하고 있는 것이다.

"여보! 걱정하지 마. 일주일이면 된대."

"누가 그래요……? 아, 선생님."

현수와 시선이 마주친 로라는 수줍은 듯 고개를 숙인다. 외간 남자 앞에서 부부싸움을 했다 생각한 때문이다.

"괜찮아요. 그리고 진짜 일주일이면 돼요."

"저, 정말요? 저 안 죽는 거죠?"

물에 빠졌는데 썩은 지푸라기라도 잡는다는 심정에서 물은 말이다.

"제프도 암이었어요. 그리고 그 아이는 거의 말기였고요.

근데 다 나아서 퇴원하잖아요. 부인은 이제 겨우 1기 정도예요. 초기라고요. 그러니 진짜 일주일이면 됩니다."

권위 있는 의사의 한마디는 환자를 안심시키는 것이 분명하다. 조금 전까지 불안해하던 로라의 표정이 펴진다.

"자, 이제 진찰을 할 거예요. 그러니 편히 누워요."

"네에."

말을 하는 사이에 신일호가 침상 곁에 선다. 그리고 현수가 로라의 오른 가슴에 손을 얹었을 때 따라서 손을 댔다.

- 신장 165.3cm   - 체중 53.7kg
- 좌우시력 1.5, 2.0   - 면역지수 41
- 우측 유방암 1기   - 중등도 고혈압
- 혈관나이 56세   - 경동맥에 중성지질 침착

도로시가 알려준 신체 정보이다.

'일단 클린봇 투여.'

혈관에 중성지질이 침착되어 있고 혈관 나이가 높으니 혈관 질환에 걸릴 확률이 대단히 높기에 내린 조치이다.

'주파수는 430.507Hz가 적합해요. 6일 19시간 43분 17초가 필요하고요'

'알았어.'

현수는 제프에게 사용했던 파동치료기를 로라 카구지에게

설치하고 주파수를 맞췄다. 일련의 조치를 마치자 숨죽이고 있던 가에탄 카구지가 입을 연다.

"어, 어떤가?"

"아까 말씀드렸잖아요. 지금부터 딱 7일만 기다리세요."

"…고맙네! 정말 고맙네."

가에탄 카구지의 허리와 머리가 계속 숙여졌다. 아들에 이어 아내의 목숨까지 구해주는데 어찌 고맙지 않겠는가!

이런 상황을 말없이 지켜보는 존재들이 있다.

김지윤과 마크 윌슨, 그리고 무툼보 병원 원장을 비롯한 의료진들이다.

암에 걸렸다는 소리를 들으면 누구나 공황상태가 된다. 잔뜩 겁을 먹은 채 불안감을 호소하게 마련이다.

그런데 로라 카구지는 아주 태연한 표정으로 책을 펼쳐 든다. 휴양지에 놀러와 독서나 실컷 하겠다는 자세였다.

이때 지윤이 마크 윌슨에게 물었다.

"정말 일주일 만에 완치가 될까요?"

"그건 두고 봐야 알겠죠."

마크 윌슨은 집요한 시선으로 현수의 뒷모습을 바라보고 있다. 그러다 고개를 설레설레 흔든다.

"어휴! 또 일주일은 더 있어야 하네."

마크 윌슨은 결과를 보겠다고 마음먹은 모양이다.

*　　　　　*　　　　　*

"동행이 있는지 몰랐네."

차를 타고 가는 동안 가에탄 카구지가 한 말이다.

"네? 그게 무슨 말씀이세요?"

"킨샤사에서 아프리카 정상회담이 열리고 있네. 하여 모든 호텔의 모든 방들이 꽉꽉 차 있어서 그러네."

아프리카 국가 중 약 30%는 내전으로 몸살을 앓고 있다. 54개 국가 중 무려 16개 국가가 그러하다.

모로코, 알제리, 시에라리온, 라이베리아, 코트디부아르, 나이지리아, 앙골라, 짐바브웨, 부룬디, 르완다, 우간다, 소말리아, 에리트레아, 수단, 남수단이 그러하다.

콩고민주공화국 역시 내전 중인데 국경을 넘나드는 반군들 때문에 골치가 아프다.

하여 정상들이 모여서 국경 통과에 대한 이야기를 나눠보자고 조제프 카빌라 대통령이 초청한 것이다.

"저는 괜찮아요. 풀먼 호텔로 가면 되니까요."

최상층 스위트룸은 항상 비워두라고 했다.

침실이 여러 개니 지윤과 같이 투숙해도 문제없다. 그리고 호텔 체인의 주인이 한 말이니 비워져 있을 것이다.

"그래서 미안하다 하는 말이네. 그 방은 현재 이집트 대통령 일행이 쓰고 있네."

"네? 그게 무슨……?"

"정상회담은 원래 어제 끝났어야 하네. 그런데 몇몇 나라의 내전과 IS 놈들 때문에 이틀이 연장되었네. 그래서……."

아프리카 정상회담은 오래전부터 계획된 게 아니라 조제프 카빌라 대통령에 의해 긴급히 개최된 국제회의이다.

그런데 이집트에서 뒤늦게 참석을 통보해 왔다. 문제는 영빈관 등이 모두 만원이라는 것이다.

외국 정상더러 허름한 곳에 머물라고는 할 수 없다.

하여 숙소를 물색했는데 모든 호텔이 꽉꽉 차 있었다. 우간다, 케냐 등 각국 국가수반들이 머물고 있는 때문이다.

그러던 중 킨샤사의 최고급 호텔 중 하나인 풀먼 호텔 스위트룸이 비어 있다는 것을 알게 되었다.

부하의 보고에 의하면 누군가 장기 사용 중인데 현재는 외유(外遊) 중이라 비어 있다고 하였다.

이에 가에탄 카구지는 호텔 측에 압력을 넣었다. 이집트 대통령 일행을 모시기 위함이다.

그렇게 대통령 일행이 체크인한 직후 객실의 주인이 현수라는 걸 알게 되었다. 그런데 하필이면 이때 현수가 당도했다.

아들의 상태를 봐주러 먼 길을 온 것이니 뭐라 타박할 수 없는 상황이라 참으로 난감했다.

어쨌거나 현수더러 노숙을 하라고 할 수는 없다. 하여 다시 한번 부하들을 풀었다.

그런데 킨샤사의 모든 호텔이 만원이고, 머무는 손님들은 각 나라를 대표하는 이와 수행원들이다.

어느 하나 비워달라고 할 수 없는 국빈들이다. 하여 여기저기 수소문해봤지만 빈방이 없는 상황이다.

하여 궁여지책(窮餘之策)을 냈다.

"이보게 오늘은 내 집에서 묵게. 풀먼 호텔보다는 많이 누추하지만 그리 불편하진 않을 것이네."

"뭐 그러죠."

흔쾌히 고개를 끄덕였다. 그런데 가에탄 카구지의 표정이 편치 않다.

"뭔 일 있어요?"

"근데 빈방이 하나뿐이네."

"네? 장관님, 큰 집에 사시는 거 아니었어요?"

이전의 삶에선 상당히 큰 집에 살았기에 한 말이다. 이는 콩고민주공화국 내무장관의 공관이다.

2,000평쯤 되는 대지에 바닥면적 200평, 지하 1층 지상 3층짜리 본관만 있는 것이 아니었다.

사용인과 경호원들을 위한 부속 건물들은 물론이고, 수영장과 테니스 코트까지 갖춰진 대저택이다.

"나도 그랬으면 좋겠는데 오늘은 아니네. 휴우~!"

가에탄 카구지는 긴 한숨을 내쉬었다.

                    *   *   *

 정부 각료들을 대상으로 한 반군의 집요한 암살 시도가 계속되고 있기 때문이다.

 하여 현재 내무장관 공관뿐만 아니라 다른 장관의 공관들도 거의 모두 빈집이나 마찬가지가 되었다.

 경비하기에 용이한 공관을 비워둔 이유는 애꿎은 경찰 병력의 희생을 막기 위함이다. 공관 내에서 움직임이 감지되면 수시로 저격수의 총탄이 날아들기 때문이다.

 이를 막기 위해 병력을 파견하여 샅샅이 뒤졌지만 소용이 없었다. 저격수들이 게릴라처럼 이동하는 때문이다.

 하여 각료들 모두 시내 곳곳에 마련되어 있는 위장가옥을 이용한다. 문제는 정말 평범한 집이라는 것이다.

 가에탄 카구지가 쓰는 안가는 2층집인데 방 3개이다.

 2층 침실은 장관이 쓰고, 아래층 작은 방은 가정부가 머문다. 나머지 하나는 경비인력이 머물도록 되어 있다.

 차에서 내린 현수는 그리 크지 않은 집을 바라보았다. 대지는 50평쯤 되고, 건평은 15평에서 20평쯤 되어 보였다.

 '뭐지? 예전엔 이런 집이 아니었는데.'

 이전의 삶에서 여러 번 가에탄 카구지의 집을 방문했었기에 고개를 갸웃거렸다. 안가라는 생각을 못한 것이다.

 "누추하지만 들어가세."

"네."

장관을 따라 현수가 들어갔고, 김지윤이 뒤를 이었다. 마지막은 운전사이다. 캐리어를 꺼내 들고 낑낑거리며 따라온다.

커다란 거실을 가로질러 곧장 2층으로 안내했다.

"오늘은 이 방을 쓰시게."

"뭐 괜찮네요."

퀸 사이즈 침대 하나에 소파, 책상, 옷장, 냉장고가 각각 하나씩 있다. 샤워할 수 있는 화장실도 보인다.

특이한 건 방에 창문이 전혀 없다는 것이다. 외부로부터의 저격을 차단하기 위함이다.

하여 환기를 하고 싶으면 화장실 창문을 이용해야 한다.

화장실의 창도 누군가의 침입을 막기 위해서인지 높이는 불과 20㎝ 정도이고, 폭은 2m 정도 된다.

그리고 이 창은 거의 천장에 가깝게 붙어 있다. 안에서 밖을 내다볼 수 없고 밖에서도 안을 들여다볼 수 없다. 이로도 부족했는지 굵은 쇠창살로 만든 방범창도 설치되어 있다.

"저녁은 7시에 먹네. 편히 쉬었다가 시간 맞춰 내려오시게. 조촐하게 한잔하세."

가에탄 카구지는 이곳으로 오기 전에 현수와 지윤이 머물 만한 곳을 물색토록 한 바 있다.

호텔마다 손님으로 꽉꽉 차 있지만 설마 빈방 2개를 못 구할까 싶었다. 그런데 정말 방이 없다고 한다.

정상회담이 이틀이나 늘어난다는 소식에 외신 기자들이 대거 몰려든 결과이다.

여러 궁리를 해보았으나 비교적 안전한 곳은 자신이 머물 안가뿐이다. 그런데 아무런 준비도 되어 있지 않다.

지금도 서둘러 나가는 건 가정부에게 예정에 없던 음식을 준비시키기 위함이다.

하여 빈방에 둘만 남게 되었다.

김지윤은 어찌 된 영문인지를 몰라 두리번거리고 있다. 링갈라어 대화였던 때문이다.

"지윤 씨! 오늘은 이 침대를 써."

"네? 전무님은요?"

"난, 저 소파를 쓸게."

"네? 그럼 한 방에서……?"

다소 황당하다는 표정이다. 그러나 어쩌겠는가!

"여기서 아프리카 정상회담이 열려서 빈방이 없대."

지윤은 이내 고개를 끄덕였다.

냄새나고 허름한 숙소를 생각했던 지윤이기에 이 정도면 괜찮다 생각한 것이다.

"…네, 그러죠. 근데 저 화장실 좀 써도……."

"응! 먼저 써. 아마 더운 물은 안 나올 건데 괜찮지?"

보일러가 있을 리 없는 때문에 하는 말이다.

"네! 그럼요."

무톰보 병원을 나서자 푹푹 찌는 더위가 새삼스레 느껴지는 날이다. 방금 전에 에어컨을 틀었으니 달궈졌던 방이 시원해지려면 아마도 시간이 걸릴 것이다.

지윤이 욕실로 들어가고 얼마 지나지 않아 방귀 뀌는 소리가 들린다. 귀여운 소리였다.

뽀옹! 뽀오오오오옹~!

참기 힘들었던 모양이다.

"후후! 후후후!"

현수는 나직이 웃으며 짐을 풀었다.

하루를 머물더라도 꼭 필요한 물건이 있다. 칫솔이 필요하고, 갈아입을 속옷도 꺼내야 했다.

"근데 수건이 없네. 안에 있으려나?"

호텔에 머물 것을 생각하여 칫솔과 면도기, 그리고 속옷 몇 개만 싸왔던 것이다.

물 쏟아지는 소리가 잠시 멈춘다. 바디샴푸를 쓰는 모양이다. 그러고는 다시 물소리가 났다.

이리저리 시선을 돌리던 중 지윤이 쓰기로 한 침대 위의 수건이 눈에 뜨였다.

"어라! 수건을 안 가지고 들어갔나?"

잠시 후 물소리가 끊겼다.

똑, 똑, 똑—!

"지윤 씨!"

"네, 전무님!"

"수건 안 가지고 들어간 거 같은데 줄까?"

"네……? 아, 아뇨 괜찮아요."

상당히 당황해하는 음성이다.

"괜찮아. 문만 살짝 열어. 넣어줄게."

"…네에."

삐걱―!

문 열리는 소리에 뒤돌아선 채 수건을 건넸다.

"고마워요."

잠시 조용하더니 다시 문이 열렸다. 언제 챙겼는지 샤워가운을 입고 나온다. 머리엔 수건이 둘둘 말려 있다.

"전무님! 이제 화장실 쓰셔도 돼요."

"어! 그래. 근데……."

"네, 말씀하세요."

"내가 수건을 안 가져와서. 머리 위의 그 수건 좀 빌려주면 안 될까?"

"네……? 아, 네에."

지윤은 얼른 머리의 수건을 건넸다. 다소 축축하긴 했지만 충분히 몸을 말릴 수 있다 생각하곤 화장실로 들어갔다.

쏴아아아~!

수압은 좋았다. 샤워를 마친 현수는 속옷을 갈아입으려다 수건걸이에 걸린 앙증맞은 팬티를 보게 되었다.

지윤이 벗어놓고 미처 챙기지 못한 모양이다.

'이런 건 정말 오랜만에 보네.'

아내들과 살 때는 가끔 이런 모습을 보았다. 뭐라고 하면 나이가 들면서 건망증이 생겼다고 투덜거리며 걷어가곤 했다.

잠시 옛 아내들을 떠올렸다.

1,000년을 훨씬 넘긴 일이기에 가물가물한 기억이지만 애써 떠올리니 생각이 난다. 하여 흐뭇한 미소를 지으려 할 때 이를 방해하는 존재가 있었다.

'폐하!'

'응? 왜?'

'지금 그런 생각을 하실 때가 아니에요.'

살짝 짜증이 난다.

'왜? 난 추억도 떠올리면 안 된다는 거야?'

'아뇨! 그건 자유지요.'

'근데 왜?'

다소 퉁명스러운 대꾸였을 것이다.

'25분쯤 후에 반군들이 들이닥칠 거예요.'

'뭐……? 어딜? 설마 여길……?'

'네! 오늘을 각료들을 암살하는 D—Day로 잡았네요.'

'여긴 곰베 지역인데?'

킨샤사 시청 등 각종 관공서들이 있고, 정부 관료와 외교관 등이 거주하는 고급 주택가가 있다. 콩고민주공화국에서 가장 안전한 지역이라 해도 과언이 아닌 곳이다.

더구나 아프리카 정상들이 방문한 상태라 경계가 철통같을 텐데 반군들의 습격이 있다니 믿어지지 않는다.

'오늘 아침에 반군들이 마타디 경찰서를 습격해서 무기와 경찰복 등을 빼앗았어요.'

마타디(Matadi)는 서부 바콩고주에 위치한 항구도시이며, 수도 킨샤사에서 약 340km 정도 떨어진 곳이다.

'그랬어? 근데 그걸 모르는 거야?'

가에탄 카구지의 태도로 미루어 짐작한 말이다.

'통신선을 끊고 전화국을 장악했기 때문일 거예요.'

'그래? 그럼 알려줘야 하잖아. 후조토 쿠아레가 킨샤사 경찰서장이니까 얼른 알려줘.'

'네! 그럴게요. 폐하는 방 안에만 계세요.'

'그러지.'

신일호와 신이호의 경계 태세는 한층 강화되었을 것이다.

둘이 본격적으로 나서면 완전무장한 1개 사단이라도 모조리 박살 낼 수 있다. 따라서 걱정은 하지 않는다.

'너무 많이 죽이지는 마.'

'네, 총 쏘는 손만 날리도록 할게요.'

손목이 날아가면 목숨은 잃지 않지만 전투력은 0에 가깝게 될 것이다. 이런 무서운 이야기를 아무렇지도 않게 한다.

정부군이 옳고 반군이 그르기 때문에 그러는 것이 아니다.

지금의 습격은 남의 잔치에 오물을 끼얹으러 오는 것이다.

대단히 무례한 일이다.

현수는 서둘러 샤워를 마치고 나갔다.

욕실 문을 열고 딱 한 발자국을 떼었을 때 지윤이 손으로 얼굴을 가린다.

"…어머나!"

"…으읏!"

왜 그러나 싶었던 현수는 얼른 화장실로 되돌아갔다. 평소 습관대로 팬티만 걸친 채 나왔다는 것을 자각한 것이다.

입었던 것을 다시 걸치려 했지만 이미 젖어 있었다.

같은 순간, 지윤의 심장은 콩닥콩닥이다.

감광판에 새겨진 영상처럼 뇌리에 선명하게 남은 현수의 반나체 때문이다.

겉보기에 다소 유약한 듯 호리호리한 몸매였다.

그런데 영화배우 이소룡을 찜 쪄 먹을 듯한 근육질이다. 훨씬 더 선명하게 갈라져 있는 근육이라 그러하다.

얼핏 보았지만 하체 근육도 만만치 않았다.

제2차 세계대전 당시 나치 친위대의 군복 바지 같다는 느낌이었던 것이다. 넙다리 빗근과 넙다리 곧은근, 그리고 모음근이 아주 잘 발달되어 있어서 그럴 것이다.

지윤의 눈에 뜨이지 않았지만 현수의 등과 종아리 등 뒤쪽 근육도 이에 못지않다.

아무튼 현수의 헐벗은 모습을 본 지윤은 콩닥거리는 가슴을 진정시킬 수 없었다. 너무도 섹시하다 느낀 때문이다.

다시 말해 한눈에 뿅 간 상태이다.

"지윤 씨! 미안한데 소파 위에 꺼내놓은 반바지와 티셔츠 좀 부탁해."

"네에! 잠시만요."

지윤은 현수가 수건을 건넸던 것처럼 뒤돌아서서 옷을 건넸다. 이때 살짝 손이 스쳤는데 마치 감전이라도 된 듯 찌릿하는 느낌을 받았는지 얼른 움츠러든다.

그러거나 말거나 현수는 서둘러 옷을 입고 밖으로 나왔다. 그러자 마치 교대라도 하듯 지윤이 얼른 화장실로 들어간다.

달아오른 얼굴을 들키지 않으려는 것이다.

안에 들어가 서둘러 문을 닫고 거울에 시선을 주던 지윤의 눈에 수건걸이에 걸려 있는 장밋빛 천 쪼가리가 스쳤다.

이게 뭔지 어찌 모르겠는가! 아까 벗어놓은 팬티이다.

"어머……! 어머머머!"

화들짝 놀라 장밋빛 천 쪼가리를 움켜쥔 지윤의 얼굴은 소주를 세 병쯤 마신 것처럼 빨개졌다.

그 옆에 걸려 있던 수건 때문이다.

그건 조금 전에 자신이 건넸던 것이다. 맹인이 아닌 이상 이걸 걸면서 팬티를 못 보았을 수가 없다.

'미쳤어, 미쳤어! 하~ 아, 어떻게 이런 실수를……!'

어제 저녁 비행기 샤워실에서 갈아입었던 것이라 냄새가 날지도 모른다. 그런데 그걸 깜박 잊고 걷어가지 않았던 자신의 머리를 마구 쥐어박는다.

'으이그, 이 바보, 바보! 어쩌자고 이걸 잊어⋯⋯?'

지윤이 자책하고 있을 때 현수는 옷을 갈아입고 있었다.

시시각각 다가오고 있는 반군의 숫자와 움직임이 심상치 않다는 도로시의 보고 때문이다.

"경찰청장에게 알렸어?"

"네! 근데 문제가 있어요."

"뭔데?"

"같은 경찰복이라 적아를 식별할 수가 없는 상황이에요. 때문에 이미 많은 희생이 있었어요."

"그래⋯⋯? 그래서 어떻게 하고 있는데?"

"움직이면 아군끼리 교전할 수도 있어서 길목에 매복한 상태로 방어만 하고 있어요."

"여긴 사방이 길인데 그렇게 해서 막혀?"

"그러니까 문제죠. 인원이 적으면 반군에게 당하니 일정 규모 이상씩 뭉쳐 있어요."

여러 곳에 배치하지는 못했다는 것이다.

"그럼 여긴 괜찮아?"

혼자 있으면 상관이 없지만 김지윤이 있기 때문이다.

"내무장관은 현재 이곳에 없어요."

방금 전 연락을 받고 급히 출동했기 때문이다. 따라서 이곳은 보호할 가치가 없는 곳이 되었다. 현수가 귀빈이라는 것을 일반 경찰들이 알지 못하는 때문이다.

"……!"

"너무 걱정하지 마세요. 신일호와 신이호가 있으니 이곳은 안전할 거예요."

"그걸 말이라고 해? 지금 당장 반군의 움직임을 보고해. 지도부터 띄워놓고."

"네!"

말 떨어지기 무섭게 킨샤사 지도가 눈앞에 나타난다. 그런데 여러 색깔의 점들이 찍혀 있다.

뭔가 싶어 물어보려 할 때 도로시의 말이 이어진다.

"파랑은 정부군과 경찰이고, 빨강은 반군이에요."

지도를 보니 파랑은 호텔과 관공서 주변에 집중 배치되어 있다. 외국 정상들이 머물고 있는 곳일 것이다.

황금색 점 하나가 있는데 현수가 머물고 있는 곳이다.

이 주변엔 파란점이 전혀 없다. 관공서와 호텔이 없는 한적한 주택가라 제외된 모양이다.

파란색은 대략 400여 개의 점으로 표시되어 있었다.

Chapter 07

—

솜씨 녹슬지 않았네

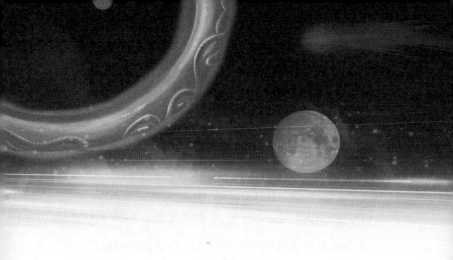

"이거 점 하나당 한 명은 아닌 거지?"

"네! 점 하나당 20명 정도로 표시된 거예요."

정부군과 경찰을 합쳐 8,000명쯤 된다는 이야기이다.

킨샤사 경찰은 약 5,000명이고, 이번 정상회담을 위해 수도 방위를 맡고 있는 군인 3,000명을 추가로 배치한 것이다.

"빨간색 점도 마찬가지야?"

붉은색 점도 약 400개라 물어본 말이다.

"아뇨! 빨간색은 점 하나당 40명쯤 돼요."

반군 숫자가 1만 6,000명 이상이라는 뜻이다.

빨간색 점은 사방에서 접근하고 있는 중이다.

2배나 되는 반군들이 쳐들어오는데 경찰과 정부군은 한 곳에 집결하여 방어선을 구축할 수가 없다.

지켜야 할 곳이 여기저기 흩어져 있는 때문이다.

하여 정부군과 경찰에겐 누구든 경찰복을 입고 길거리를 활보하면 무조건 사격하라는 명령이 떨어진 상태이다.

그런데 파란 점이 사라지고 있다.

반군의 규모와 무장상태 등을 알지 못하던 정부군과 경찰이 홍수에 쓸린 흙 인형처럼 무너지고 있는 모양이다.

하긴 20~40명 규모가 방어하는 곳에 200~300명씩 접근하니 빠르게 축차소모(逐次消耗)되는 중이이다.

아무튼 빨강은 거의 변화가 없는데 파랑만 줄어들고 있다.

이대로 놔두면 대통령을 비롯한 각료 전부가 생포되거나 사살되고, 정부마저 전복될 수도 있다.

현 정부와 인연도 있고, 조차지를 얻어야 하는 현수로선 결코 일어나선 안 될 일이다.

'여기 화면 띄워봐.'

파랑 점 2개가 찍힌 곳으로 빨강 점 5개가 접근한 곳이다. 정부군은 40명이고 반군은 200명이라는 뜻이다.

말 떨어지기 무섭게 위성에서 촬영하는 장면이 나타난다.

관공서 곳곳에 배치된 정부군을 향해 200여 명의 반군들이 맹렬히 공격하고 있다.

이 순간 반군 쪽에서 뭔가가 쏘아져 갔고, 격렬한 폭발이 일어났다. 그러고는 경찰들의 저항이 현저히 줄어들었다.

'반군이 쏜 거, 저거 뭐지? 확대해 봐.'

'네? 어떤 거요?'

'뭔가 폭발하는 걸 쐈잖아. 그거 확대해 보라고.'

'아! 잠시만요.'

지시에 따라 확대된 화면을 본 현수가 나직이 중얼거린다.

'저거 QLZ-87 맞지?'

'네! 지나군이 사용하는 자동유탄발사기 맞아요.'

도로시의 보고가 이어질 때 정부군의 저항은 완전히 사라졌다. 몰살당한 것이다.

곧이어 관공서에 난입한 반군들은 건물 내에 있던 근무자 등을 끌고 나오더니 일렬로 꿇어앉게 하였다. 그러고는 등 뒤에서 일제사격하여 모조리 사살해 버린다.

어디서 많이 보았던 장면인 듯싶다.

'옹? 내가 이걸 어디서 본 거지?'

패전 직전의 일본군이 상부의 지시를 받고 위안부들을 '처리하기' 위해 구덩이 앞에 일렬로 앉혀놓고 등 뒤에서 사격하는 장면을 찍은 사진이 있다.

조금 전에 보았던 장면이 이와 아주 유사했다.

'토마스 루방가가 이처럼 잔인했어?'

얼마 전에 목숨을 구해준 로엔디의 부친이자 투치족 반군지도자의 이름이다.

'아뇨! 반군은 크게 보면 두 개의 세력이 있어요. 매파와 비둘기파라고 하면 이해되시죠?'

매파(Hawks)는 강경한 스탠스를 취하는 세력이고, 비둘기파(Doves)는 비교적 평화적이고 온건한 세력이다.

'당연하지!'

현수가 고개를 끄덕일 때 도로시의 말이 이어진다.

'여기는 매파와 비둘기파도 여러 파벌로 나뉘어요. 각각의 거점에서 노선에 따른 반군 활동을 하는 중이죠.'

'어? 그건 왜지?'

'울창한 정글과 통신, 도로 등이 열악해서 그렇죠.'

반군끼리의 연락이 쉽지 않다는 뜻이다.

무슨 뜻인지 이해가 되었기에 현수는 고개를 끄덕였다.

'지금 공격하고 있는 세력은 어디에 속해?'

'동북부 지역을 장악한 음바페 카투라의 휘하 병력이에요.'

'음바페 카투라?'

처음 듣는 이름이라 고개를 갸웃거릴 때 영상 하나가 띄워진다. 아마도 음바페 카투라의 모습일 것이다.

인상 더러운 중년인데 검은 베레모를 쓴 채 뭐라 뭐라 소리를 지르는 영상이다.

음(音)이 소거되었기에 무슨 말을 하는지는 알 수 없지만 손에 든 채찍을 휘두르며 부하들을 채근하고 있다.

'이놈은 토마스 루방가와는 달리 아주 잔인한 놈이에요.'

토마스 루방가는 비둘기파에 속한다는 뉘앙스였다.

'좋아! 근데 동북부에 있는 놈들이 왜 여기에 있는 거지?'

'제가 조사한 자료에 의하면 음바페 카투라는 동북부 지역의 주(州)들을 통합한 후 국가 선포를 하려고 해요.'

'주들을 통합해서 국가를 선포해?'

'네! 잠정적 국가명은 카투라 공화국이에요.'

나라 이름이 본인의 성(姓)이다. 대강 짐작된다.

'한번 집권하면 독재자가 될 놈이군.'

'저도 그렇게 생각해요.'

'그래서?'

독립을 하려면 동북부 주들이나 통합시킬 것이지 왜 여기까지 부하들을 보냈느냐는 뜻이다.

이를 못 알아챌 도로시가 아니다.

'놈은 동부주와 에카퇴르주를 점령하고 있어요.'

콩고민주공화국을 거의 손바닥 들여다보듯 하기에 어디를 말하는지 대번에 알아들었다.

'거긴… 중앙아프리카공화국과 남수단, 그리고 우간다가 접경하는 지역이지?'

'그리고 석유랑 금, 그리고 콜탄과 희토류 등이 많이 매장된 지역이죠.'

'놈들이 그걸 알고 점령한 거야?'

반군이라고 무시하는 발언이 아니다. 현재의 아프리카인들은 콜탄과 희토류에 관해 무지해서이다.

　'아뇨! 당연히 아니죠. 모르고 차지한 거예요. 근데 지나인들이 알려준 모양이에요.'

　'근데 그걸 채굴해도 돈으로 만들기 쉽지 않을걸.'

　금을 제외한 석유, 콜탄, 그리고 희토류 등은 처리할 기술이 없다. 주변국인 중앙아프리카공화국, 남수단, 그리고 우간다도 사정은 마찬가지이다.

　'네! 외부와의 왕래가 용이치 않으니 더 그렇겠죠.'

　콩고민주공화국을 포함한 국가들로 완전히 둘러싸인 내륙지역이라 외부로 빼돌리는 것이 쉽지 않다는 뜻이다.

　현수는 콩고민주공화국 지도를 떠올려 보았다.

　'콩고강과 자미르강을 이용한 수로를 쓸 생각으로 공격하고 있다는 뜻이지? 그러려면 킨샤사 북부지역이 필요하고.'

　'맞아요. 역시 폐하세요.'

　대번에 반군들이 왜 이러는지를 파악한 것이다.

　'근데 왜 저렇게 잔인해?'

　또 하나의 관공서가 반군에 의해 점령당했고, 놈들에 의해 참수형이 집행되는 중이라 하는 말이다.

　'아까 말씀드렸잖아요. 제일 악랄한 반군이라고요.'

　화면이 바뀌자 여러 사내들이 낄낄대는 모습이 보인다.

방금 전 참수를 한다고 칼을 휘둘렀는데 목이 잘리지 않아 비명을 지르는 사내를 둘러싼 놈들이다.

그중 하나가 바지를 까 내린다. 그러고는 피가 쏟아져 나오는 상처를 겨냥하고 오줌을 갈긴다.

사내가 아파 죽겠다고 비명을 지르면서 데굴데굴 구르는데 집요하게 쫓아다니며 오줌을 싸고 있다.

뒤쪽에선 끌려나온 여자들을 집단으로 강간하고 있다. 반항하면 개머리판으로 가차 없이 갈기곤 옷을 찢어낸다.

또 다른 곳에선 끌려나온 사람의 머리를 축구공 차듯 걷어차며 낄낄거린다.

'흐음! 신삼호와 신사호도 불러들여.'

'이미 지시했습니다.'

반군은 서쪽에서 동쪽으로 다가서고, 삼호와 사호는 동쪽에서 오는 중이니 배후를 치는 건 어려운 일일 것이다.

'제일 많이 뭉쳐 있는 곳에 광자포를 쏘면 어때?'

'에? 정말요? 그럼 반군들뿐만 아니라 애꿎은 사람들까지 다 죽어요. 미국과 영국 등의 시선도 집중되고요.'

광자포는 대행성 병기이다.

다시 말해 수성, 금성, 지구, 화성, 목성, 토성 등의 행성을 파괴하고자 마음먹었을 때 사용하는 무기이다.

또는 직경 1km가 넘는 우주전함을 공격할 때 사용한다.

그렇기에 출력을 최하로 줄여도 목표 지점 반경 5.6km를 완벽하게 초토화시킨다. 히로시마나 나가사키에 떨어졌던 핵폭탄보다도 훨씬 강력하다.

고작 1만 6,000명을 상대하자고 쓸 무기가 아닌 것이다.

'그럼 마나포나 레일건은?'

'그것도 적절하지 않아요.'

마나포도 위력이 너무 세고, 레일건은 정확성이 떨어진다. 위력이야 강력하지만 너무 멀리 떨어져 있어서 그러하다.

'그럼 어떻게 하지?'

'그냥 신일호 형제들에게 맡기시죠.'

'시간이 너무 오래 걸리잖아.'

일호부터 사호까지 넷은 어떠한 무기로도 흠집조차 낼 수 없다. 따라서 반군들을 제압하는 일은 그리 어렵지 않다.

문제는 400개로 분산되어 있어서 시간이 오래 걸린다는 것이다. 그러는 사이에 애꿎은 희생자들이 발생될 수 있다.

'어! 여긴 무톰보 병원 아냐?'

'네! 맞아요.'

무톰보 병원엔 내무장관과 하원의장의 아들이 입원해 있다는 소문이 나돈 지 오래이다.

그래서 그런지 반군들의 접근이 시도되고 있었다.

'도로시! 차 대기시키고, 무기 찾아봐.'

'가시게요?'

'그럼 놔둬?'

무톰보 병원에도 병력은 배치되어 있지만 인원은 20명뿐이다. 현수를 볼 때마다 존경 어린 눈빛으로 바라보는 의료진과 간호사들도 있고, 많은 환자와 그 가족들이 있는 곳이다.

게다가 무톰보 병원엔 재활 중인 제프와 폴도 있다.

이들이 반군들에 의해 목숨을 잃을 수도 있다는 생각이 들자 가만히 있을 수 없었다.

"어? 전무님! 어디 가세요?"

현수가 출입문의 손잡이를 잡을 때 막 화장실에서 나서던 지윤은 놀란 표정이다.

샤워까지 마쳤음에도 외출 복장이라 한 말이다.

"지윤 씨! 지금 급히 외출해야 하니까 얼른 편한 옷으로 갈아입고 나와. 알았지?"

이곳은 현재 아무도 지키지 않는다. 따라서 금방 반군들에 의해 아무런 저항 없이 점령당할 것이다.

지윤은 누가 봐도 아프리카 사람이 아니지만 반군들이 곱게 놔두고 갈 리가 없다.

내무장관 가에탄 카구지가 머물던 위장가옥이니 동양에서 데리고 온 애첩쯤으로 생각할 수도 있다. 그럼 어떤 험한 꼴을 당할지 모르니 아무리 급해도 데리고 가야 하는 것이다.

"네! 잠시만요."

지윤은 찍소리 않고 얼른 트레이닝복으로 갈아입었다. 현수가 트레이닝복 차림이라 이를 고른 것이다.

짙은 감색이며 긴팔에 긴 바지인 이것은 모기나 벌레를 감안해서 새로 구입한 것이다.

그런데 몸에 달라붙는 디자인이라 불룩한 가슴과 도톰한 둔부, 그리고 늘씬한 각선미가 그대로 드러난다.

어쨌거나 지윤이 밖으로 나왔을 때 현수는 시동 걸린 차 안에 앉아 있었다.

신일호와 신이호는 광학스텔스 상태로 사주경계 중이라 지윤의 눈에는 뜨이지 않았다.

"지윤 씨! 지금은 엄청 급하니까 얼른 타!"

"네……? 아, 네에."

지윤은 서둘러 조수석에 승차했다.

부우우웅―!

5분 거리에 있는 무톰보 병원으로 달리는 동안 현재의 상황을 간단히 이야기해 줬다.

지윤은 대경실색하면서 진짜냐고 반문했다. 전쟁이 벌어진 것이나 마찬가지이니 어찌 안 그렇겠는가!

북한과 총부리를 맞대고 있는 땅에서 태어나고 성장했지만 단 한 번도 총성을 들어본 적이 없다.

그런데 멀리서 총성이 들려오자 화들짝 놀라며 벌벌 떤다.

"지윤 씨! 뒷좌석 팔걸이를 내리면 트렁크 안으로 손을 넣을 수 있으니까 거길 더듬어 봐."

"네?"

"트렁크에 총이 있어. 그걸 꺼내라고."

"네? 아, 네에."

지윤이 서둘러 시트를 제치고는 뒷좌석으로 넘어간다.

그러고는 뒷좌석 중앙의 팔걸이를 내리고는 트렁크 안쪽을 더듬었다. 그런데 총이라 할 만한 것이 없었다.

"없는데요?"

"없어? 권총이 있다고 했어. 뒷좌석에서 쉽게 꺼낼 수 있는 위치야. 다시 확인해 봐."

"네, 잠시만요. 아! 여기 뭐가 있는 거 같아요."

지윤은 뒷좌석 뒤쪽에 부착되어 있던 권총을 꺼냈다.

"총만 있어? 탄창이나 총알도 있을 텐데."

"네? 탄창이요? 그게 뭔데요?"

군대를 안 다녀왔고, 권총을 처음 만져보았으니 탄창이 뭔지 어찌 알겠는가!

"더 더듬어봐. 뭔가 또 있을 거야. 작고 길쭉한 거."

"네, 잠시만요. 아! 뭐가 또 있어요. 여기요."

지윤은 권총과 15발짜리 탄창 2개를 들고 조수석으로 넘어왔다. 원빈이 영화 '아저씨'에서 사용했던 글록19이다.

오스트리아의 글록사에서 설계하고 생산한 것으로 글록17의 축소형이라 작고 가볍다.

"지윤 씨! 차 세울 테니까 운전석으로 넘어와."

"네? 제, 제가요?"

"총이 제대로 작동하는지 확인해야 하니까."

"아, 알았어요."

회사일로 출장을 왔는데 졸지에 007시리즈의 본드걸이 된 듯하다. 그래도 어쩌겠는가!

신나거나 설레기는커녕 겁만 잔뜩 났다.

*　　　　*　　　　*

영화가 아니라 실제라 그럴 것이다. 그럼에도 내색하지 않고 침착하게 운전석 높낮이 등을 조절하고 있다.

한편, 차에서 내려 조수석으로 자리를 옮긴 현수는 권총과 탄창을 확인하곤 길을 알려주었다.

다행히도 별 탈 없이 병원에 당도할 수 있었다. 도로시가 알려주는 대로 반군이 없는 길을 골랐으니 당연하다.

차가 병원 마당으로 들어서자 기둥이나 화단 뒤에 은신한 채 잔뜩 긴장하고 있던 경찰들이 총을 겨눴지만 발사하지는 않았다. 가에탄 카구지의 관용차이니 당연하다.

그럼에도 긴장된 눈빛을 늦추지는 않았다.

하여 창문을 내리고 얼굴을 드러냈다. 그제야 겨누던 총들을 내린다. 현수가 누군지 아는 것이다.

"닥터! 여긴 어떻게 오셨습니까?"

"반군이 이곳으로 몰려오고 있어서요."

"네에? 정말요?"

잔뜩 긴장하는 것이 역력했다.

"네! 이리로 오다가 봤는데 약 200명 정도 됩니다."

실제로 본 것은 아니지만 접근하는 놈들의 숫자는 맞다.

"헉! 200명이나요? 저, 정말입니까?"

경찰 지휘관은 겁먹은 듯한 표정이다.

겨우 20명으로 어찌 200명을 상대하겠는가!

지금은 지원병력을 기대할 수 없는 상황이다.

여기저기서 지원요청을 하는 무전이 빗발치고 있지만 상부에선 꼼짝 말고 현 위치를 사수하라는 명령만 내렸다.

그리고 반군들이 경찰복을 강탈한 상태이니 이동하는 경찰이 보이면 즉시 사살하라고 했다. 따라서 지원병력이 온다 하더라도 아군인지 적군인지 알 수 없는 상황이다.

무전을 통해 동료들의 비명과 원망을 들었다. 마음 같아선 도망이라도 가고 싶지만 상대는 잔인한 반군이다.

후투족과 투치족의 전투로 죽은 이들만 30만 명이 넘는다. 상호간 원한이 깊으니 상대 종족을 말살하려 할 것이 뻔하다.

따라서 자신이 도망가면 가족까지 몰살당한다.

그런데 그냥 목숨만 잃는 것이 아니다.

여성들에게 강제로 배설물을 먹게 하거나, 무자비한 고문을 가하고, 집단 강간까지 한다.

2011년 5월 11일 발표된 조사결과에 따르면 하루에 1,152명의 여성이 강간을 당했다.

2006년과 2007년엔 40만 건 이상의 강간이 있었으며 다음 해에 태어난 아이 중 10분의 1이 강간으로 인한 임신 및 출산 이었다.

뿐만 아니라 살해당한 친척의 살을 먹게 하는 등 상상을 초월하는 비인간적인 행동을 강요하기도 했다.

아이들은 끌고 가서 소년병으로 키우지만 성인 남성들은 닥치는 대로 살해해 버린다.

그러니 무장한 경찰이지만 겁먹은 표정을 짓는 것이다.

"놈들은 유탄발사기도 가지고 있으니 여기 있으면 안 됩니 다. 일단 병원 안으로 들어가시죠."

"네? 유, 유탄발사기요? 아! 네에."

경찰에게도 없는 무기를 반군들이 가졌다니 더 긴장하는 듯 말까지 더듬는다.

서둘러 병원 안쪽으로 들어간 현수는 경찰 중 10명을 2층 으로 올려 보냈다. 의료진과 환자, 그리고 보호자들을 안전한 곳으로 대피토록 함과 동시에 다가오고 있는 놈들을 상대하 기 유리한 자리를 잡도록 한 것이다.

나머지 10명은 1층 로비 안쪽 기둥 뒤에 배치했다.

앞쪽엔 각종 집기들을 마구잡이로 끌어다 놓았다. 적의 쉬 운 진입과 엄폐(掩蔽)를 차단하려는 의도이다.

"총알은 충분합니까?"

"네? 네에. 차에 여분이 있습니다."

"서둘러 가져오시고 제게도 소총 한 자루를 주십시오."

"네……? 아, 알겠습니다."

잠시 후 지휘관으로부터 벨기에제 FN FNC 소총을 받아 든 현수는 병원 입구 기둥 위의 장식물을 겨냥하고 쏘았다.

타앙—!

총성에 놀라 다들 바라볼 때 현수는 크리크 조절을 하고 있었다. 그냥 한 번 쏴본 것이 아니다. 뛰어난 동체시력으로 탄착점을 확인코자했던 것이다.

이전의 삶에서 현수는 27사단 수색대 소속 보병이었다.

그러다 백발백중인 사격 솜씨를 인정받아 저격수 교육을 받게 되었다. 그중에서도 특출하게 뛰어났기에 곧바로 국방과학연구소 소화기개발 연구팀으로 전출되었다.

그러고는 제대하는 날까지 각종 총을 쏘는 것이 하루 일과였다. 그곳에서 거의 모든 종류의 권총과 소총을 쏴봤다.

그냥 10발, 20발을 쏘는 것이 아니라 각각 1,000발 이상을 쏘았고, 그에 대한 평가를 하는 것이 임무였다.

제대하기 직전, 국가대표 사격선수를 해보는 것이 어떠냐는 말을 들을 정도였다. 물론 앞날이 불투명했기에 거절했다.

어쨌거나 현수는 초초초특급 명사수이다.

마음만 먹으면 200~300m 거리에 있는 콜라병을 쏴서 손상 없이 뚜껑만 열 수 있다. 이때 콜라병은 쓰러지지 않는다.

체이탁이나 드라구노프 같은 저격총이라면 1km밖의 머리카락도 쏴서 끊을 수 있다.

어쨌거나 현수는 지구 역사상 가장 총을 잘 쏘는 사람이다. 차를 타고 이동하거나 뛰어다니면서 쏴도 백발백중이다.

본인의 리듬과 표적의 이동속도, 습도, 거리 등을 순간적으로 계산해내기 때문이다. 그렇기에 딱 한 발을 쏘고 바로 크리크 조절을 하여 영점을 잡은 것이다.

"탄창 더 없습니까?"

"네? 아, 여기요."

경찰 지휘관이 건네는 탄창 3개를 받아 들었다. 30발이 들어가는 것이다.

"총알은요?"

"얼마나 필요하십니까?"

"흐음! 200발 정도면 괜찮겠네요."

"네? 아, 알겠습니다."

잠시 후 부하 경찰이 총알을 가져왔다.

"나는 옥상에 있을 겁니다. 무전기 하나 주십시오."

"네? 옥상이요? 어쩌… 시려고요?"

지휘관이 파악한 바에 따르면 현수는 내무장관이나 하원의장도 절절매는 의사이다.

따라서 극히 정중히 대해야 할 존재이다. 그런 사람이 왜 옥상으로 가려 하는지 이해되지 않았다.

하여 이유를 설명해 달라는 표정으로 바라본다.

"저, 총 아주 잘 쏩니다. 의료진과 환자, 그리고 보호자들을 보호해야 하지 않겠습니까?"

"네? 아, 네에. 아, 알겠습니다. 근데 괜찮겠습니까? 저희 인원이 너무 적어서 선생님을 보호할⋯⋯."

"괜찮아요, 알아서 할게요."

"아! 네에."

반군들이 물밀듯 몰려오는 상황이라니 가타부타 할 수 없었던 지휘관은 고개만 끄덕이곤 물러났다.

잠시 후 병원 옥상에 올라가 사방을 둘러본 현수는 지윤에게 총알을 탄창에 넣는 방법을 교육했다.

확실히 똑똑하다. 딱 한 번 시범을 보여주었을 뿐인데 제대로 삽탄하고 있었던 것이다.

"지윤 씨! 총소리가 무섭다고 여기 있다가 바깥으로 튀어나오면 안 돼. 알았지?"

현수의 말이 끝났을 때 그리 멀지 않은 곳에서 콩 볶는 듯한 총성에 이어 수류탄 터지는 소리가 들려왔다.

두두두두두두─! 콰앙─! 두두두두─!

지윤의 안색이 금방 창백해진다. 장난이 아니라는 게 실감난 듯 살짝 겁먹은 표정으로 고개를 끄덕인다.

"헉⋯⋯! 네에."

지윤은 현수가 지정한 계단실 안쪽 구석으로 들어가 쪼그려 앉았다. 이곳은 사방에서 총탄이 날아와도 안전할 듯싶다.

일반 총탄은 그렇겠지만 RPG—7은 견뎌내지 못할 것이다. 속 빈 시멘트 블록을 쌓고 몰탈로 미장한 정도인 때문이다.

현수는 지윤에게 경찰로부터 얻어온 탄띠를 보여주었다.

"내가 탄창을 달라고 하면 여기에 끼워서 줘."

"네? 아, 네에."

"그때에도 절대 밖으로 나오면 안 돼."

"네. 근데 아래층에서 누가 올라오면 어떻게 해요?"

반군들이 아래층에 포진해 있는 경찰들을 모두 제압했을 경우를 묻는 것이다.

"아마, 그럴 일 없을 거야."

신일호 하나만 있어도 반군들 전체를 제압할 수 있기에 한 말이다.

"그래도요."

"아래층에서 무슨 소리가 나면 날 불러. 근데 그때도 밖으로 나오면 안 돼."

"네, 알았어요."

현수는 두어 번 더 다짐을 받았다. 유사시가 되면 까맣게 잊을 수 있음을 알기 때문이다.

그런데 겁이 나는지 오들오들 떨고 있다.

"아직 아무도 안 왔어. 그러니까 겁먹지 마."

"네! 저, 저를 지켜주실 거죠?"

현수는 지윤을 당겨 품에 와락 안았다. 그러고는 다정한 음성으로 나직이 속삭였다.

"그래! 당연하지. 나만 믿어. 여기 숨어 있으면 괜찮을 거니까. 알았지?"

"네에. 믿을게요."

현수가 등을 다독이자 그제야 안심이 되는지 지윤의 떨림이 잦아 든다.

잠시 후 현수는 계단실 위 지붕 위로 올라갔다.

300m쯤 떨어진 곳에 당도하여 집결하고 있는 반군들이 보인다. 약 100여 명이다. 그중 지휘관인 듯한 자가 보였다. 하여 가늠자 위에 목표물을 올려놓았다.

반군 지휘자는 부하들을 앞에서 뭐라 떠들고 있었다.

타앙―! 털썩―!

지휘자의 머리가 날아가자 반군들이 소스라치게 놀라며 흩어진다. 현수는 곧바로 무전기를 집어 들었다.

"병원 정문을 기준으로 2시 방향에 적 출현! 2시 방향에 적 출현! 현재 300m 앞에 당도했습니다."

"아, 알겠습니다."

경찰 지휘관이 형형한 시선으로 밖을 바라보았지만 반군은 1층이나 2층에선 보이지 않을 위치에 있다.

한편 여기저기로 흩어진 반군들은 어디서 총탄이 날아왔는지를 확인하는 듯 두리번거리고 있다.

이때이다.

타앙! 타앙! 탕! 탕! 탕—!

현수의 총이 계속 불을 뿜었고, 그럴 때마다 하나씩 쓰러진다. 하나같이 이마 정중앙에 작은 구멍이 뚫렸으니 즉사이다.

'폐하! 손목만 날리기로 하지 않으셨나요?'

도로시의 말이다.

'그랬는데 아까 하는 짓을 보니 그 정도로는 안 되겠어. 신일호 형제에게 연락해서 모두 사살하라고 지시해.'

'넵!'

도로시와 대화를 하면서도 현수의 총은 계속 불을 뿜었다. 유탄발사기를 쓰려는 놈이 있었던 것이다.

탕—! 털썩! 타앙—! 털썩!

백발백중의 사격 솜씨는 전혀 녹슬지 않았다. 반군들은 대체 어디에서 총을 쏘나 알 수 없어 여전히 우왕좌왕이다.

머리만 내밀면 총알이 날아오고, 그 즉시 시체 한 구가 양산되니 저격수를 확인할 수 없었던 것이다.

한편, 아래층에서 숨죽이고 있던 경찰들은 이건 대체 뭔 상황인가 싶었다. 위에서 총성은 계속해서 울리는데 300m 앞까지 왔다는 반군들의 공격이 전혀 없는 때문이다.

같은 순간, 신일호와 신이호는 빠른 속도로 병원 밖 반군들을 정리하고 있다.

병원 뒤쪽으로부터 접근하던 놈들이다.

엄청나게 빠른 데다 눈에 보이지도 않으니 저항하거나 숨을 수도 없어 일방적으로 당하고 있다.

탕, 탕, 타탕! 타타타탕─!

"윽! 켁! 컥! 아악! 큭! 악! 헉! 캑!"

반군들은 짧은 비명을 끝으로 세상과 하직한다. 신일호와 이호가 심장만 골라서 쏘는 때문이다.

일반적으로 탄환의 탄두는 표면이 매끈하다.

그런데 이들이 사용하는 것은 그렇지 않다. 탄환이 발사되어 총구를 떠남과 동시에 끄트머리에서 작은 날개가 솟는다.

작은 용수철을 이용한 간단한 장치이지만 이로 인해 탄환의 살상력은 1,000배 이상 강력해진다.

Chapter 08
—
사격의 신

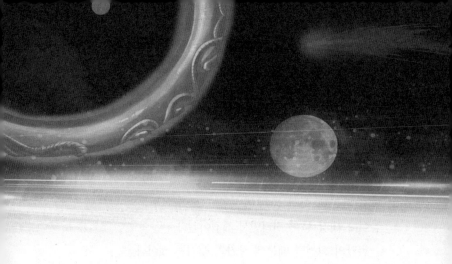

대한민국의 제식소총인 K2의 총구 안쪽을 들여다보면 나선형으로 파인 홈이 6줄 있다.

이를 6조우선(六條右線)이라 칭한다. 발사되는 탄환이 오른쪽으로 회전하도록 여섯 줄의 홈을 파놓은 것이다.

이 나선형 홈을 강선(腔線)이라 하는데 격발된 탄환이 이 나선을 따라 이동하면서 강한 회전력을 갖은 채 쏘아진다.

그러면 더 높은 관통력과 명중률을 얻을 수 있다.

탄환이 통과하는 긴 금속관인 총열(총신)이 길고, 강선이 긴 총일수록 명중률이 좋다.

그리고 탄환의 회전력이 많을수록 공기를 뚫고 가는 힘이 더 강해지므로 보다 먼 거리의 표적을 맞힐 수 있다.

권총보다 소총이, 소총보다 저격총의 총신이 더 길다.

그렇기에 권총 → 소총 → 저격총 순으로 명중률도 높고, 사거리(射距離)도 긴 것이다.

아무튼 신일호 형제가 발사한 총탄은 맹렬히 회전하며 쏘아져 가는데 이게 몸에 박히면 끄트머리 부분의 날개로 인해 살이나 내장 등이 걸리면서 헤집어진다.

총알의 회전력 때문에 갈가리 찢기는 것이다.

그렇기에 신일호와 신이호에 의해 죽은 반군들의 사체를 부검해 보면 심장이 완전히 뭉개져 있다.

완전히 찢겨 버린 때문이다. 따라서 의술의 신이 와도 소생 불가능이다.

현수가 가진 엘릭서로도 힘들다. 일부 손상이 아니라 심장이 없어진 것이나 마찬가지인 때문이다.

한편, 병원 안에 매복하고 있는 경찰들은 바깥에서 들려오는 요란한 총성에 잔뜩 긴장했다.

처음엔 반군들의 공격인 것으로 오인했다. 하여 눈을 부릅뜨고 정문과 담장 위를 노려보고 있었다.

탕, 탕! 타탕! 타타타타타탕—!

계속해서 총성이 울린다. 누가, 어디에서, 누구를 겨냥하고 쏘는 건지는 알 수 없지만 분명 자동은 아니다.

소리를 들어보면 분명 단발사격인데 그 간격이 너무 짧아서 자동처럼 느껴질 뿐이다.

가만히 귀 기울여보니 병원 지붕에서 쏘는 총소리이다.

'저 위에선 뭐가 보이나?'

경찰 지휘관이 이런 생각을 할 때 담장 밖에서도 요란한 총성이 들리기 시작한다. 이건 분명 자동이다.

두두두두두! 다다다다다—!

누군가 방아쇠를 당겼고 탄창의 총알이 모두 쏟아지는 것이 분명하다.

미루어 짐작컨대 누군가를 겨냥을 하고 쏘는 것이 아니다. 아무 데나 의심스럽다 생각되는 곳에다 마구 갈기는 것 같다.

그러던 어느 순간, 이와 다른 소리가 섞여든다.

탕! 탕탕! 타타탕! 탕, 탕, 타탕! 타타탕!

이 소리도 분명 자동은 아니다. 총성이 확실히 불규칙적이기 때문이다.

그리고 소리 자체가 다르다. 다른 총기가 사용되고 있다는 뜻이다.

"뭐야? 뭐지……?"

경찰 지휘관이 고개를 갸웃거릴 때 옥상의 현수도 방아쇠를 당기고 있다.

타앙—! 풀썩—!

또 하나의 반군이 세상과 작별을 고했다.

오늘만 해도 두 번의 강간을 저질렀고, 총상 때문에 고통스러워하던 경찰관에게 오줌을 쌌던 놈이다.

죽어도 싼 놈의 대가리에서 선혈과 뇌수가 흘러나왔다.

이를 보는 반군들의 눈빛엔 공포가 어려 있다. 자신의 미래를 보는 듯한 느낌 때문일 것이다.

탕, 탕! 타탕! 타타탕―!

"악! 으악! 케엑! 끅! 컥! 헉! 끄악! 크흑! 켁!"

짧은 소리를 내며 쓰러지는 것은 반군들뿐이다.

킨샤사 경찰 병력은 무톰보 병원 1층과 2층에 매복한 상태이고, 아직 한 발의 총도 쏘지 않았다.

'배후에서 접근하던 반군들 모두 제거했답니다.'

'알았어! 전방의 적들도 모두 그렇게 하라고 해.'

귀신같은 저격이 계속되자 반군들은 은신한 채 꼼짝도 하지 않고 있다.

아무리 사격 솜씨가 좋아도 쏘아서 맞힐 수 없는 상태인지라 이런 지시를 내린 것이다.

탕! 타탕! 타타탕! 타탕! 탕, 탕, 탕!

"컥! 헉! 끄악! 크흑! 켁! 악! 으악! 케엑! 끅!"

숨어 있던 반군들도 비명을 지르며 쓰러지기 시작했다. 신일호와 이호의 솜씨이다.

그렇게 잠시의 시간이 흘렀고 더 이상의 총성은 없었다.

'이제 내려가서도 괜찮을 것 같아요.'

'알았어.'

현수가 계단실로 들어서자 지윤이 와락 달려든다.

가슴과 가슴이 맞닿으며 뭉클한 느낌이 들었으나 지금은 그런 감촉을 감상할 겨를이 없다.

지윤이 얼른 몸을 떼고 현수의 아래 위를 살핀 때문이다.

"괘, 괜찮으신 거죠? 그렇죠?"

지윤은 거듭된 총성에 잔뜩 겁을 집어먹었다.

총성은 영화와 달리 대포 쏘는 것처럼 굉렬했다. 하여 두 손으로 귀를 막은 채 구석에 쪼그려 앉아 덜덜 떨고 있었다.

만일 현수의 신상에 문제가 생기면 본인은 귀국하는 것조차 여의치 못하다.

출국 허가가 떨어질 것 같지 않고, 타고 왔던 비행기가 본인의 뜻에 따라 이륙할 것 같지도 않다.

학연, 지연은 물론이고 혈연 또한 전혀 없는 아프리카 한복판에 내동댕이쳐지면 어쩌나 하는 생각이 스치기도 했다.

생각만으로도 공포스럽다. 하여 새삼스레 현수의 존재감을 크게 느꼈다.

지금으로선 유일한 생명줄이나 마찬가지이다.

그렇기에 혹시라도 상처를 입었을까 봐 눈으로 아래위를 훑으며, 동시에 손으로 여기저기를 더듬고 있다.

가슴과 등, 엉덩이와 허벅지를 마구 더듬는다. 혹시라도 통중을 느낄까 싶은지 세계는 아니다.

"나는 괜찮아. 다친 데도 없고."

"정말이죠?"

탕! 타앙—!

지윤이 대꾸할 때 밖에서 총성이 들렸다. 이에 잔뜩 겁먹은 표정을 짓더니 현수의 품으로 달려든다.

"어머나—!"

반군들이 가까이 왔다 생각한 것이다.

아래층 경찰들도 같은 생각이었는지 모두 잔뜩 긴장한 표정으로 병원 입구를 바라보고 있다.

현수는 가슴에서 또 한 번 뭉클함을 느꼈다. 하지만 떼어낼 수는 없었다. 겁먹어 오들오들 떠는데 어찌 그러겠는가!

"괜찮아, 괜찮아!"

"바, 방금 병원 바로 앞에서 총소리 난 거 맞죠?"

어찌 어찌 현수의 눈을 피해 병원 담장 아래까지 접근했던 반군이 신일호의 총에 심장이 뚫리는 것을 끝으로 반군 전원이 사살되었다.

"맞아! 근데 방금 건 아군 총소리야."

"그걸 어떻게 알아요?"

"난 소리만 들어도 어떤 총인지 알거든. 그러니까 진정해."

진짜로 총성만 들어도 어떤 총에서 발사된 건지 안다.

권총인지, 소총인지, 혹은 저격총인지를 식별하며 같은 소

총이라도 카빈, M1, M16, K—2, AK—47 등도 확실하게 구분해
낼 수 있다.

대다수가 믿지 못하겠지만 실제로 그러하다.

아무튼 지윤에겐 현수의 말이 진리이고, 길이다.

그래서 그런지 심장 박동수가 서서히 잦아 든다. 그러던 어
느 순간 다시 빨라지고 있다.

예민한 현수가 어찌 이를 모르겠는가! 하여 부드럽게 다독
이며 속삭였다.

"정말 괜찮다니까. 이제 다 끝났어."

"……!"

대답은 없고 박동만 더 빨라졌다.

"겁먹지 마. 내가 있잖아."

현수는 다독이던 손으로 지윤의 등을 부드럽게 쓰다듬었
다.

"흐~ 웅!"

"……!"

나지막한 신음을 듣고야 왜 이러는지를 알았다.

지윤은 연모하던 사내의 품에 안겨 있음을 자각했고, 그 때
문에 심박수가 늘어났던 것이다.

그렇다 하여 화들짝 놀라며 떼어낼 수는 없다. 하여 잠시
그대로 보듬고 있었다.

그런데 지윤의 몸과 머리로부터 향긋한 냄새가 풍긴다. 화

장품 냄새인지 체향인지 구분하기 힘든 것이다.

게다가 뭉클한 촉감과 보들보들한 느낌은 덤이다.

현수는 1,000년 이상 여인을 가까이 한 바 없다.

그런데 이런 자극이 가해지자 신체의 일부가 반응하려는 조짐을 보인다. 어찌 그냥 놔두겠는가!

즉시 도로시를 호출했다.

'도로시!'

'네! 폐하! 잘하고 계십니다. 데이터 수집 중이니 이 상태를 그대로 유지해 주십시오.'

'데이터……? 뭔 데이터?'

'폐하의 심박수가 늘어났고, 체온 또한 서서히 올라가는 중이에요. 특히 음경 해면체로 유입되는 혈액량이 늘어나고 있어요. 이건 기상 직전의 모닝 우드(Morning Wood), 그것과는 사뭇 다른 신체 반응이네요.'

참고로, 모닝 우드는 건강한 남성의 새벽 발기를 뜻하는 말이다. 그리고, 부교감 신경계가 활발히 움직이는 결과이다.

'시끄러!'

도로시는 이 대목에서 왜 이런 반응을 보이는지 전혀 모르겠다는 어투로 대꾸한다.

'네? 뭐가요?'

길게 대꾸해줄 이유가 없다.

'아무튼 시끄럽고, 신이호화 삼호, 그리고 사호로 하여금

킨샤사에 들어 있는 반군들 모두 제압하라고 해.'

'네? 어떻게 하라고요?'

마음 같아선 신일호까지 보내고 싶었지만 분명 뭐라고 토 달게 뻔하기에 제외시킨 것이다.

'못 알아들었어? 반군들 모두 제거하라고.'

'네, 그건 지시할게요. 근데 지금 폐하는……'

도로시가 뭐라 대꾸하려고 할 때 현수가 먼저 입을 열었다. 대상은 도로시가 아닌 지윤이다.

"이제 괜찮아졌어?"

"네? 아, 네에."

지윤이 화들짝 놀라며 떨어져 나간다.

현수의 가슴에 뺨을 부비며 긴 호흡으로 체향을 흡입하던 중이라는 것을 깨달은 것이다.

"이제 슬슬 내려가 보자."

"네에."

현수의 뒤를 따라 계단을 딛고 내려가는 지윤의 눈에 작은 불길이 일렁인다. 눈앞의 저 사내를 절대로 놓치면 안 된다는 열정이 담긴 눈빛이다.

"이제 상황 끝난 것 같습니다."

"네?"

경찰 지휘자가 놀란 표정으로 바라본다.

"더 이상의 움직임이 없어요. 부하들을 내보내서 사체를 처리토록 하세요. 그리고, 무기 노획도 지시하세요. 그냥 놔두면 안 될 겁니다."

"네? 정말 끝난 겁니까?"

지휘관은 믿을 수 없다는 표정이다. 200명이나 몰려왔다고 했는데 그들 모두를 처리했다는 뜻으로 들은 것이다.

"들어보세요. 가까이에서 들리는 총성은 없어요."

지휘관은 잠시 귀 기울이더니 이내 고개를 끄덕인다.

현수의 말처럼 멀리서 총 쏘는 소리는 있지만 가까운 곳에서 발사된 총성은 없었던 것이다.

"아! 그렇군요. 알겠습니다."

잠시 후 경찰 지휘관은 부하들을 데리고 병원 밖으로 나갔다.

물론 아주 조심스러운 움직이다. 혹시라도 은신해 있는 반군이 있을 수 있는 때문이다.

타고 왔던 트럭의 뒤를 따라 나갔던 경찰들은 여기저기 널려 있는 시신들을 보았다.

모두가 이마 한가운데 아니면 심장 부위에 구멍이 뚫려 있다. 누가 봐도 즉사이다.

"허어! 이건 정말…! 사격의 신이신가?"

경찰 지휘관이 내뱉은 말이다. 단 한 번도 본 적이 없는 실로 놀라운 솜씨였던 때문이다.

같은 순간, 현수는 로라 카구지의 병실에 있다.

이번 소란 때문에 이동했다면 파동치료기 설정에 문제가 있을까 싶어서이다. 다행히도 아무런 이상 없었다.

반군의 습격이 있었지만 경찰들이 무사히 제압했다는 말에 로라 카구지는 안도의 한숨을 내쉬었다.

제프 카구지와 폴 쿠아레, 그리고 사무엘 오벤과 알마 오벤도 무사하다. 미나쿠 오벤 하원의장 등도 역시 괜찮았다.

*　　　*　　　*

잠시 후 경찰 트럭이 병원 마당으로 들어섰다. 짐칸엔 반군이 사용하던 소총과 권총 등이 수북했다.

이를 내려놓고는 다시 나갔다. 병원 뒤쪽에도 시체가 많다는 현수의 말을 듣고 나간 것이다.

"와아! 이번엔 전부 심장이네. 정말 깔끔한 솜씨야."

부하들이 일렬로 모아놓은 반군의 시체를 본 경찰 지휘관이 한 말이다.

시체 한 구당 딱 한 발의 총알로 확실하게 목숨을 끊어놓았다.

반군들의 소총엔 탄환이 그대로 있다. 쏴보지도 못하고 당한 것이다. 이러니 감탄사가 저절로 튀어나오는 것이다.

현수가 병원을 모두 돌아보았을 때이다.

"전무님! 여기 계속 계실 거예요?"

"아니! 이제 돌아가야지."

"어디로요? 아까 거기로요?"

"그래, 오늘은 거기밖에 머물 곳이 없다잖아."

돌아갈 때도 운전은 지윤이 했다.

현수는 방향을 알려주며 예리한 시선으로 사방을 살폈다. 혹시 있을지 모를 반군잔당을 경계하기 위함이다.

다행히 무사히 목적지에 당도할 수 있었다.

신일호 형제들이 우선적으로 현수가 가려는 방향의 반군들을 모조리 소탕해놓은 결과이다.

"에? 이게 뭐야?"

돌아와 보니 위장가옥은 난장판이 되어 있었다.

혹시라도 가에탄 카구지가 은신했나 싶었는지 샅샅이 뒤진 흔적이 널브러져 있었던 것이다.

2층으로 올라가보니 소파는 총으로 갈겨댔는지 여기저기 뚫려 있었고, 탁자는 뒤집어져 네 다리를 들고 있다.

침대는 옆으로 쓰러져 있었고, 협탁도 자빠져 있다. 스탠드는 전구가 깨져 쓸모없는 물건이 되어 있다.

옷장을 열어보니 총으로 쏜 흔적이 너무도 역력하다. 옷장 뒤에 비밀 공간이 있나 싶었던 모양이다.

천장에도 총탄 구멍이 무수하다. 제 딴엔 샅샅이 수색했던 모양이다.

"에고……! 난장판이군."

나직이 한숨을 쉰 현수는 집기들을 원래대로 되돌려놓고 소파에 앉았다.

진공청소기는 망가졌고, 빗자루가 없으니 바닥의 먼지는 그대로이다.

쾅당—!

현수가 소파에 앉자 다리 가운데 하나가 부러지면서 주저 앉는 소리였다.

"괘, 괜찮으세요?"

"응! 괜찮긴 한데 이건 못 쓰겠네."

한쪽으로 완전히 기울어졌기에 앉는 것조차 쉽지 않다.

"네, 제가 보기에도 그러네요."

"그나저나 배 안 고파? 지금껏 아무것도 안 먹었잖아."

공항 도착 후 곧장 무툼보 병원으로 갔고, 볼일 본 후엔 이곳으로 왔다가 다시 병원으로 갔다.

상당히 긴 시간을 굶은 것이다.

"그러고 보니 먹은 게 없네요."

꼬르륵—!

말하기 무섭게 지윤의 배에서 소리가 난다. 지금껏 긴장 상태에 있었기에 배고픔을 잊고 있었던 모양이다.

"그렇지? 뭐 좀 만들어줄까? 아래층에 냉장고 있던데."

"정말요? 요리도 가능하세요?"

"그럼! 조금만 기다려. 맛있는 거 만들어줄게."

한국의 여러 방송 중 '냉장고를 부탁해' 라는 프로그램이 있다. 연예인 등이 사용하는 냉장고의 재료만으로 그럴듯한 요리를 만들어내는 프로그램이다.

15분 만에 요리를 하고, 둘 중 어느 것이 더 괜찮았는지를 냉장고 주인이 선택하는 프로그램이다.

현수는 수천, 수만 가지 조리법을 꿰고 있는 요리계의 마이스터이다.

따라서 변변치 않은 식재료만으로도 얼마든지 훌륭하고 맛있는 요리를 만들어낼 수 있다.

그렇기에 맛있을 거라는 장담을 한 것이다.

"부탁드려요."

지윤은 사양하지 않았다. 옷에 묻은 먼지와 머리카락에 뒤엉킨 거미줄이 신경 쓰인 때문이다.

하여 현수가 주방으로 향하자 홀홀 벗고 욕실로 들어갔다.

현수가 요리를 자청한 것엔 이유가 있다.

시내 곳곳에서 치열한 전투가 벌어졌거나 벌어지고 있다. 그로 말미암아 상당히 많은 사상자가 발생되었다.

따라서 시내의 거의 모든 식당들이 문을 닫았을 것이고, 여러 호텔들은 엄중한 경계 속에 있거나, 반군과의 전투가 벌어지고 있는 상황이다.

따라서 손수 만들어먹는 수밖에 없어서 내려간 것이다.

다행히도 냉장고엔 눈에 익은 식재료들이 많이 있었다.

권력 실세가 머무는 곳이라 그런지 냉장고도 컸고, 식재료들은 신선했으며, 다양했다.

'흐음! 이 재료로 뭐를 만들까? 아! 그거.'

현수는 능숙한 솜씨로 식재료를 다듬고는 조리를 시작했다. 그러다 문득 생각이 났다.

'도로시! 이거 이름을 뭐로 하기로 했지?'

테이스토피아의 이름이 길어서 발음하기 어려우니 간단히 바꾸기로 했음을 떠올린 것이다.

'지(智)요. 제가 소원권 하나 쓴 건데 혹시 잊으셨어요?'

도로시가 가진 2개의 소원권 가운데 하나가 소모되었다. 700년 전과 150년 전에 주었던 것이다.

'잊기는⋯⋯! 근데 대체 무슨 뜻이야? 지(智)는 슬기, 지혜 등을 뜻하는 한자잖아. 이 음식과 그게 무슨 상관이 있지?'

도로시는 진실을 전하지 않기로 했다. 분명히 거절할 것이라 판단한 것이다. 하여 슬쩍 기지(機智)를 발휘한다.

'먹으면 지혜롭게 된다는 뜻으로 지은 거예요.'

'뭐? 이걸 먹으면 지혜롭게 된다고? 아닌데?'

테이스토피아는 너무 맛이 있어서 아무리 고매한 인품을 가진 사람이라도 코를 처박고 먹게 만드는 마력을 가진 음식이다. 식욕을 최대한으로 끌어 올리는 것이다.

따라서 지혜와는 아무런 연관이 없다.

'아무튼 그거예요.'

도로시는 긴 설명을 하지 않을 모양이다.

'영문으론 JI라고 했잖아? 설마 7월을 뜻하는 July는 아니지? 그럼 뭔가의 이니셜인 거야? 뭐지?'

현수가 어찌 JI가 지윤과 인경의 이름 첫 글자를 딴 조합이라는 것을 알겠는가!

상당히 많은 여인들을 거느리고 살았지만 그건 이미 1,000도 넘은 아주 먼 옛날 고리짝 시절의 일이다.

하여 요즘의 현수는 여성심리에 관한 한 거의 모태솔로 수준으로 회귀해 있는 상태이다.

이러니 도로시의 앙큼한 속을 짐작하지 못하는 것이다.

'어? 7월 맞는데 그거 어떻게 아셨어요?'

도로시는 시치미를 뚝 떼었다.

'July가 태양력을 정리한 줄리어스 시저를 기념하여 그 이름 Julius에서 유래된 거잖아.'

도로시는 즉각 대꾸한다.

'맞아요! 테이스토피아는 음식계의 황제잖아요. 그래서 JI라고 한 거예요.'

'그랬어?'

이번엔 설득력이 있었는지 현수는 별다른 대꾸 없이 지를 만들었다. 그러고는 2층으로 가지고 올라갔다.

현수가 올라왔을 때 지윤은 서둘러 샤워를 마치고 나오던 참이다. 하여 속옷 위에 샤워 가운만 걸친 상태이다.

음식을 본 지윤은 이걸 정말 손수 만든 것이냐며 몇 번이고 반문했다. 너무 예뻐 보인 때문이다.

그러고는 입에 넣고 몇 번을 씹는다.

그런데 눈이 점점 커진다. 전혀 기대하지 않았었는데 생각외로 엄청 맛이 있으니 당연한 반응이다.

"우왕! 이거 증말 마시쩌요."

와구와구! 쩝쩝! 우적, 우적! 쩝쩝! 꿀꺽—!

체면 따위는 차리지 않고 그냥 흡입하는 수준이다.

"그래? 정말로?"

입이 터지도록 음식을 쓸어 넣는 지윤을 보는 현수의 눈에는 흐뭇함이 담겨 있다.

"넹! 이건 증말… 넘 넘 마시쩌요."

입에 남아 있던 것을 마저 씹으며 하는 말이다. 그러고는 접시 위의 음식을 전투적으로 줄여 나갔다.

2인분을 만들어온 건데 채 10분도 지나지 않아 모두 사라져 버렸다. 보기보다 위가 제법 큰 것 같다.

"더 먹을래? 더 만들어줘?"

"엥? 가능해요?"

"그럼! 잠시만 기다려."

"네에."

빈 접시를 들고 내려갔던 현수가 올라오니 조금 넉넉한 반바지에 면 티 차림이다. 정신을 차리고 보니 올챙이처럼 톡 튀어나온 배가 보인 모양이다.

"자, 더 먹어."

"네! 잘 먹을게요."

지윤이 먹는 동안 현수가 샤워를 했다. 그러고는 내려가서 설거지를 하고 다시 올라오니 잠옷 차림으로 바뀌어 있다.

그런데 살짝 속이 비쳐 섹시해 보였다.

"밤이 늦었어요. 이제 그만 쉬실 거죠?"

"그래, 이제 그만 자자."

"네, 오늘은 정말 긴 하루였어요. 근데 저랑 자리 바꾸시면 안 돼요? 제가 바닥에서 잘게요."

"아냐, 어찌 숙녀를 바닥에서 재워? 말도 안 되는 소릴랑 하지 마. 그리고 문제가 생기면 바로 나가야 하잖아."

혹시라도 반군이 올 경우를 대비해야 한다는 뜻이다.

"그래도 어떻게 바닥에서 주무세요? 먼지도 많은데."

반군들이 집기들을 뒤집어엎고, 천장에 총을 쏴서 만들어진 흔적이 고스란히 남아 있다.

"그리고, 이 좁은 방에서 차이가 나 봐야 얼마나 나겠어요? 그냥 침대 쓰세요."

"…오빠 믿어?"

현수는 짐짓 능글맞은 웃음을 지어 보였다. 농담이라는 뜻
이다. 똑똑한 지윤이 어찌 이를 모르겠는가!

"네! 오빠 믿어요. 그니까 그냥 침대 쓰세요."

이러는데 어찌 거절하겠는가!

"…알았어."

현수가 먼저 침대에 누웠다. 에어컨은 망가지지 않아 덥거
나 습하지는 않아 다행이라면 다행이다.

밤 화장을 마친 지윤은 얇은 이불을 들추며 곁에 누웠다.

두근두근! 두근두근……!

"……!"

현수는 곁에 누운 지윤의 심장박동 소리를 듣고는 슬며시
웃음 지었다.

남자랑 같은 침대에 처음 누웠으니 몹시 불안해서 그런다
생각한 것이다.

그런데 그게 아니다. 지윤의 심장은 말로 표현 못할 기대감
때문에 반응하고 있었던 것이다.

그렇게 잠시의 시간이 흘렀고, 이내 고른 숨소리가 들렸다.
하긴, 오늘 하루는 몹시 길고, 피곤했을 것이다.

슬며시 일어난 현수는 이불을 잘 덮어주었다. 조금 서늘한
데 에어컨을 끄면 금방 더워지니 끌 수가 없어서이다.

'반군들은 다 처리했어?'

'네! 이제 거의 다 정리되어 가요.'

킨샤사에 난입한 반군은 1만 6,000명이 넘는다. 이들 모두를 저승사자와 면담하게 하는 일은 쉽지 않다. 여기저기 흩어져 있는 때문이다. 하여 시간이 더 필요하다는 뜻이다.

'새벽이 되기 전까지 가능한 거지?'

'그럼요! 말씀하신대로 다 처리됩니다.'

'알았어.'

현수는 바닥에 앉아 마나호흡으로 밤을 새웠다.

도로시의 보고처럼 킨샤사 시내에서의 총격전은 거의 마무리 단계로 접어들고 있다.

신이호와 삼호, 그리고 사호의 활약 덕분이다.

"하아암~! 앗! 안녕히 주무셨어요?"

"후후, 덕분에 잘 잤어."

"……? 저 혹시 이빨 갈았어요? 아님 코를 골았어요?"

"아니, 안 그랬어. 괜찮았어."

"그럼 혹시 잠버릇이 험했나요?"

"그것도 아니니까 걱정하지 마. 아주 얌전히 잘 잤으니까."

"하아! 다행이다."

지윤은 혹시라도 못 볼꼴을 보인 건 아닌지 걱정했던 마음을 내려놓았다.

"저, 화장실 좀 쓸게요."

"그래! 근데 배는 안 고파? 뭐 먹을 거 해줄까?"

"아뇨! 어제는 전무님이 만들어주셨으니까 오늘 아침은 제가 만들게요. 그니까 그대로 계세요."

"그래? 알았어."

서둘러 세수와 양치를 마친 지윤은 주방으로 내려갔다. 그런 그녀의 뒷모습을 보는 현수의 입가엔 미소가 어려 있다.

Chapter 09

—

감축드려요!

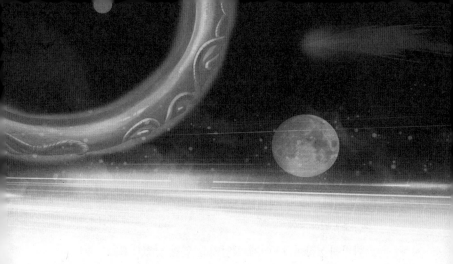

'장내 유해균이 많아서 그런 거지?'

'네? 무슨 말씀이신지……?'

'자면서 방귀를 많이 뀌었잖아.'

제대로 소화되지 않은 음식물 때문에 위장의 연동운동이 잘되지 않으면 방귀가 자주 나온다.

한방에선 이를 담적병이라 하는데 복부팽만감, 복통 등을 호소하고, 배변 활동이 감소하여 설사와 변비가 반복되는 등 배에 가스가 차 방귀를 자주 뀌는 현상을 만드는 것이다.

'잊으셨어요? 지윤 님은 E—GR을 복용하셔서 그런 현상이 빚어질 수 없어요.'

평생 질병에 걸릴 수 없는 몸이기에 한 말이다. 장내 세균의 비율도 이상적인 균형 상태를 유지하게 된다.

'근데 아까 뿡뿡거렸잖아.'

기상하기 1시간 전부터 방귀를 뀌었음을 이야기한 것이다.

'그건 어젯밤에 허겁지겁 드시면서 공기도 같이 삼키셔서 그런 겁니다. 그나저나 감축드려요.'

'감축? 뭘……?'

'합방하셨잖아요. 이제 책임지실 일만 남았네요.'

'책임지진 뭘 책임져? 잠깐 같이 누웠다가 밤새 마나호흡한 거밖에 없었는데. 안 그래?'

'아무튼 동침하셨잖아요. 같을 동(同), 누울 침(寢)!'

'그게 동침이야? 10분 정도밖에 안 되었는데.'

현수는 말도 안 된다는 표정이다.

'제가 조사해 본 바에 의하면 지윤 님은 진짜 모태 솔로예요. 학창시절 내내 공부만 하느라 그 흔한 아이돌에게도 관심조차 가진 적 없는 그야말로 오리지널 버진(Virgin)이라고요.'

'그랬어?'

'네! 태어나 지금까지 마음에 품은 사내라곤 달랑 폐하 한 분 뿐이에요. 근데 동침을 하고도 책임을 안 지겠다고요?'

'야! 그게 그럴 정도야? 겨우 10분이라고, 10분!'

'누군가 순백의 백상지를 만들었는데 그걸 만져서 지문을 묻혔으면 그 종이는 여전히 순결(純潔)한 건가요?'

대답하는 사람에게 불리한 답정너인 질문이다.

'그걸 왜 순결에 비유해? 그리고 내가 언제 몸에 손댔어?'

기다렸다는 듯 즉답이 나온다.

'대셨죠. 어제는 품에 안기도 하셨잖아요. 다독여주지 않아도 되는데 굳이 쓰다듬기까지 했고요. 그때 느끼신 거 다 압니다. 안 그래요?'

도로시는 기회는 이때다 싶었는지 계속 몰아붙인다. 자신이 원하는 대답이 나올 때까지 그럴 모양이다.

'그건 지윤이가 너무 불안해해서…….'

'에이, 사나이가 그러시면 안 되죠. 폐하께서 늘 말씀하신 게 있으시잖아요. 뭐든 책임질 일을 했으면 반드시 책임지라고요. 안 그래요?'

이는 국정을 이끄는 후손들에게 했던 말이다.

뭐든 함부로 결정하지 말고 늘 심사숙고를 하되 본인이 내린 결정 때문에 문제가 발생되면 사과할 건 사과하고, 책임질 것은 책임지며, 해결까지 해주라는 뜻으로 한 말이다.

초대 황제이자 살아 있는 신(神)인 현수가 한 말이라 후손들은 이를 금과옥조로 여겼고 현재도 그러하다.

지구뿐만이 아니다.

우주로 진출한 뒤엔 달, 화성, 목성, 토성 등을 이끄는 총독들 또한 현수의 핏줄로 구성되어 있다.

뿐만 아니라 아르센 대륙, 콰트로 대륙, 그리고 마인트 대륙의 위정자들 또한 모두 현수의 후손이다.

이들은 현수가 말한 대로 책임질 건 책임졌고, 누군가 손해 본 게 있으면 반드시 보상 내지 배상을 해줬다.

참고로, 보상(補償)은 합법적 행위로 인한 피해가 발생되었을 때, 배상(賠償)은 불법적 행위로 인한 피해가 발생되었을 때 그 손해를 갚는 것을 의미한다.

예를 들어, 국가보상은 지역을 개발하기 위한 목적으로 국가가 개인의 땅이나 건물을 수용한 경우에 주어지는 것이다.

반면, 국가배상은 공무원이 고의 또는 과실로 법령을 위반하여 손해를 야기한 경우에 받게 되는 것이다.

어쨌거나 이실리프 제국의 지도자들은 늘 공평무사했고, 항상 합당하게 국민들을 이끌었다.

그렇기에 불만의 목소리가 거의 없다.

아무튼 현수는 도로시의 반박에 대꾸를 할 수 없었다. 몸에 손을 댄 것이 사실인 때문이다.

사심은 없었지만 아니라고 반박할 근거가 없으니 꼼짝 없이 책임져야 하는 상황에 몰렸다.

'......!'

도로시와 대화를 하다 보면 이렇게 말리는 경우가 있다. 구석으로 몰아가는 화법 때문이다.

뭐라 할 말이 없어 대꾸를 하지 않자 도로시는 때는 이때가 싶었는지 쐐기 골을 넣는다.

'이제 김지윤 님은 제1황후이십니다. 인정하시죠?'

'…끄응! 꼭 그래야 해?'

'네! 전에 말씀드렸듯이 이미 많은 일들을 벌이셨잖아요. 그거 다 냅두고 나 몰라라 하실 건 아니시죠? 그 일을 벌이신 분이 폐하 본인이시니까요.'

또 구석에 몰렸다.

'그래, 그건 그렇지. 일을 벌여놨으니 죽이 되든 밥이 되든 끝을 보긴 해야지.'

현수가 순순히 고개를 끄덕이자 도로시의 음성은 한결 의기양양해진다.

'제2황후는 조인경 님을 강력하게 추천합니다.'

'……!'

현수는 대답하지 않았다. 상대의 의중을 전혀 모르니 부담스러웠던 것이다.

'제3황후부터 7황후까지는 누가 후보인지 잘 아시죠?'

다이안 멤버들을 의미하는 말일 것이다.

'으음, 근데 꼭 그래야 해?'

다이안 멤버들의 의중과 관계없이 일방적으로 간택하고 그 결과를 통보하는 느낌일 수도 있기에 한 말이다.

'한국엔 이미 일을 벌이셨고, 이곳 콩고민주공화국에도 이제 일을 벌이질 예정이에요. 그렇죠?'

'그건 아직 모르지.'

조차지를 달라고 했지만 아직 의회 의결이 이루어지지 않은 상태이다. 이미 결론이 났다면 어제 공항에 당도했을 때 가에탄 카구지 내무장관이 말해주며 생색냈을 것이다.

현수가 기다리던 낭보(朗報)인 때문이다.

'제가 수집한 정보에 의하면 오늘 의회에서 의결을 하게 돼요. 조제프 카빌라 대통령은 즉각 승인할 거고요. 근데 반군의 습격 때문에 오늘 이루어지지 않을 수도 있어요.'

'그래! 그렇겠지. 그나저나 피해는 어느 정도야?'

'일반인뿐만 아니라 경찰과 군인이 많이 사망했고, 장관 및 차관 등 고위공직자 중에서도 사상자가 발생된 상태에요.'

어쨌거나 콩고민주공화국 의회는 조차지 제공에 대해 찬성하는 것으로 각론을 모은 상태이다.

이제 남은 건 의결이라는 요식 행위뿐이다.

킨샤사 외곽의 535㎢과 동부 마이은돔베 주 전체의 12만 7,465㎢를 200년간 조차하면 30억 달러를 주기로 했다.

이는 콩고민주공화국의 내년도 예산 28억 6,000만 달러를 상회하는 금액이다.

게다가 조차지를 개발하려면 고용이 뒤따르게 된다. 어느 누구도 해결해주지 못했던 실업률을 크게 떨어뜨린다.

이들의 급여에서 원천징수하게 되는 소득세만 1년에 12억 달러이다. 내년 국가 예산의 42%에 해당되는 금액이다.

이것만 해도 일거삼득이다.

그런데 나라에 돈이 없어서 개발할 엄두조차 내지 못하는 곳을 자비로 개발까지 해준다고 한다.

이것뿐이라면 늘 첨예하게 대립각을 세웠던 야당에서 순순히 찬성하지 않았을 것이다.

본인들에게 떨어지는 게 아무것도 없는 때문이다.

하여 가에탄 카구지는 의약품 소매점 개설권한을 제안했다. 의원 1인당 한 곳이다.

약방 사장의 자격 요건은 문자를 읽고, 쓸 줄 알아야 하며, Y-Pharmacy에서 제공하는 투약지침서의 내용을 철저하게 준수해야 한다는 것이다.

이밖에 본사의 통솔을 따라야 하는 것도 추가되었다. 여기서 말하는 본사는 Y-Pharmacy이다.

이에 앞서 소매 약방을 가지면 얼마만 한 돈을 벌게 될지에 대한 수익 모델을 보여주었다.

현재 지나인과 벨기에인이 운영하는 약방이 얼마나 벌고 있는지를 보여준 것이다.

일련의 브리핑을 들은 의원들은 눈이 돌아갔다. 황금 알을 낳는 거위를 한 마리씩 준다는 뜻이었기 때문이다.

그렇기에 여당은 물론이고, 야당도 찬성하기로 한 것이다.

어쨌거나 현수는 고개를 끄덕였다.

반군의 숫자가 월등히 많은 데다 불시에 습격을 가했으니 피해가 없다면 이상한 일이기 때문이다.

반군들은 평화롭다면 평화로웠던 킨샤사를 뒤집어 엎었다. 다른 아프리카 국가 정상들 앞에서 벌인 일이다.

'반군들 제압을 확실히 하라고 한 번 더 지시해.'

'네, 알았어요.'

신이호 등에게 명령을 내린 도로시는 대화가 끊기는 걸 원하지 않은 모양이다.

'조금 전에 하던 이야기 이어서 하죠.'

'어떤 이야기?'

'황후 말씀이에요.'

'황후? 그래, 근데 그게 왜?'

'여길 뜨시면 우크라이나로 가신다 하셨어요. 체르노빌을 방문할 계획이신 거죠?'

우크라이나뿐만이 아니다.

1986년 4월 26일, 체르노빌 원자력 발전소에서 방사능 누출 사고가 일어났다.

이에 소련은 모스크바를 비롯한 지역의 방사능 피해를 줄이기 위해 인공강우를 실시한 바 있다. 이렇게 발생된 빗방울은 공중으로 솟구쳤던 방사성 먼지와 함께 땅으로 떨어졌다.

그 결과 벨라루스[8]가 아주 심각한 피해를 입었다. 바람의 방향 때문이다.

이후 수십만 명이 방사능에 피폭된 채 살아왔고, 국토의

8) 벨라루스(Republic of Belarus): 유럽 동부 내륙, 우크라이나 북쪽에 위치한 국가

22%가 방사능에 오염되어 버렸다.

한편, Y—PS는 현재 세계적 관심을 받는 기업이다.

방사능 정화는 지금껏 없던 신기술이고, 방사능 때문에 많은 사람들이 고통 받고 있으니 당연한 일이다.

벨라루스는 체르노빌 폭발 사고가 있었던 1986년 이후 현재에 이르기까지 늘 방사능 피폭을 염두에 두어야 했다.

따라서 현수가 우크라이나를 방문하면 자연스럽게 접촉하려는 시도가 있을 것이다.

'그래, 한번 가보려고.'

'그다음은 벨라루스, 러시아, 몽골일 거고요. 맞죠?'

예전의 조차지를 다시 만들 생각이라면 가야 할 나라인 것이 맞다. 특히 러시아는 꼭 가볼 생각이다.

블라디미르 푸틴과 드미트리 메드베데프를 우군으로 만들기 위함이다.

현수는 무지막지하게 강력한 무력을 가지고 있다.

인공위성에 탑재된 무기를 쓰면 자타가 인정하는 세계 최강국 미국이라도 30분 안에 초토화시킬 수 있다.

더 독하게 마음을 먹으면 대(對) 행성병기를 사용하여 지구를 쪼개버릴 수도 있다. 인류 전멸을 위미한다.

그런데 공개할 수 없는 상황이다. 따라서 미국만큼 위협적인 국가인 러시아를 내 편으로 만들기 위함이다.

푸틴이 나서준다면 어디서 무엇을 하든 아무도 건드릴 수 없게 되기 때문에 반드시 포섭해야 한다.

그러니 러시아를 방문하려는 것이다.

'전에 브라질과 아르헨티나에 대해 물으신 바 있으셨는데 언젠가는 거기도 가볼 거죠?'

'글쎄……?'

현수는 굳이 부인하지는 않았다.

브라질은 현재 국가신용등급이 투기등급이다. 그리고 아르헨티나는 디폴트 상황이다. 두 나라 모두 그릇된 정책과 환율전쟁으로 인한 외환위기를 겪고 있다.

도로시는 이런 두 나라에서 돈을 왕창 벌어왔다.

먹고살기 힘들어 빌빌대는 놈들 등을 친 것이며, 잔뜩 사재기해 뒀다가 가뭄이나 홍수를 입은 이재민이나 수재민을 상대로 비싼 값에 물건을 팔아먹은 것과 다름없는 일이다.

하여 심리적 부채감이 있어 두 나라의 일부 지역을 알아본 바 있다.

인구 1억 9,000만 명인 브라질은 남한 면적의 84배가 넘는 광활한 영토를 가진 국가이다.

겨우 4,400만 명밖에 살지 않는 아르헨티나도 남한의 28배가 넘는 국토를 가졌다.

둘 다 인구에 비해 국토 면적이 상당히 넓다.

그리고 미개발지가 많다. 대규모 농장을 조성할 수 있는 곳이 널려 있는 것이다.

두 나라 다 경제상황이 좋지 않아 실업률이 높다. 따라서 조차지를 제공할 확률이 매우 높다.

물론 적절한 대가는 제공되어야 할 것이다. 그렇기에 가지 않겠다는 말을 하지 않는 것이다.

'참! 북한에도 가보실 거죠?'

한반도 이북 지역엔 막대한 지하자원이 매장되어 있다.

아울러 저렴한 노동력이 풍부하고, 빠른 기술 습득력을 가진 두뇌들도 있다.

게다가 한반도의 평화와 밀접하니 가볼 생각이긴 하다. 다행히 현수의 국적이 남아공이니 얼마든지 방문할 수 있다.

어쨌거나 남한, 북한, 콩고민주공화국, 우크라이나, 벨라루스, 러시아, 몽골, 브라질, 아르헨티나에서 사업체 또는 조차지를 갖게 될 확률이 대단히 높다.

혼자서 전부를 컨트롤할 수는 없다.

일이 너무 많은 때문이다. 그리고 애써 개발하여 남 좋은 일을 하면 안 된다.

*   *   *

특히 대한민국의 여당 정치인 같은 놈들에게 맡기면 절대 안 된다. '죽 쒀서 개 주는' 것보다도 못한 일이기 때문이다.

나라를 팔아먹은 을사오적과 같은 놈들이니 이놈들에게 맡기면 지들끼리 찢어발겨 사리사욕을 채우려 그야말로 지랄 발광하는 꼴이나 보게 될 것이다.

그럴 바엔 차라리 방사능으로 완전히 오염시켜 아무도 손 못 대게 하든지 망하게 하는 편이 차라리 낫다.

따라서 이실리프 제국이 그러했듯 잘 훈육되고 검증된 후손들에게 맡기는 것이 적절하다.

그러려면 배우자가 반드시 필요하다.

나라마다 하나씩이라면 아홉 명의 First Lady가 있어야 한다. 지윤과 인경, 그리고 다이안 멤버를 모두 합쳐도 둘이 부족하다. 하여 도로시가 후보를 물색 중이다.

물론 현수는 모르는 일이다.

현수는 고개를 갸웃거렸다.

"뭐지? 아침밥 해 온다고 내려간 지 한참인데?"

대체 뭐 하나 싶어 내려가려는데 지윤이 올라왔다.

들고 온 쟁반엔 카레라이스가 있다.

밥만 지어 전자레인지로 데운 오뚜기 3분 카레를 부은 모양이다. 쟁반에는 김치와 장조림, 그리고 깻잎조림도 있는데 모두 통조림에 담겨 있던 것들이다. 척 보면 안다.

밥만 빼고 몽땅 인스턴트식품이다.

"배고프시죠?"

"응? 그, 그래!"

"이거 드세요."

건네는 수저를 받아 들고는 한 숟갈 떠서 입에 넣었다.

예상했던 바로 그 맛이다. 소태처럼 쓰거나 엄청 짠 것보다는 훨씬 낫다. 그리고 시금털털하지도 않았다.

잠시 기다렸던 지윤은 그제야 수저를 들고 한 술 뜬다. 나름 윗사람 대우를 해준 모양이다.

"오늘도 병원에 가실 건가요?"

"오늘……? 오늘은 킨샤사 지사부터 가봐야 해. 본사에서 온 서류 확인해야 하거든. 잉가댐 견적서 올 때 되었어."

"아! 여기에 지사 있죠? 깜박 잊고 있었네요."

"그나저나 옮겼는지 모르겠네."

"네? 뭘요?"

"지사가 너무 허름한 데 있어서 조금 더 안전하고 쾌적한 곳으로 옮기라고 했는데 그랬는지 모르겠다고."

현수의 말이 끝나기 무섭게 도로시가 끼어든다.

'지사 사무실은 풀먼 호텔로 옮겼어요. 이춘만 과장은 오늘부로 부장으로 진급했고요.'

'오! 그래? 차장이 아니고 부장이야? 확실해?'

'넵! 본사에서 인사명령 떨어졌어요. 지사장직 유임이고요.'

신형섭 사장이 생각을 바꾼 모양이라 생각하고 고개를 끄덕이려는데 지윤이 말을 건다.

"여기 지사 전화번호를 주시면 제가 연락해 볼게요. 아! 아니다. 제가 본사에 번호 확인해서 연락 후 보고 드릴게요."

"그래, 그럼!"

현수는 무심한 듯 대꾸하고는 그릇을 비웠다.

"커피 드려요?"

지윤은 두 개의 믹스커피 봉지를 내보인다.

"좋지!"

"잠시만요."

빈 그릇을 들고 내려갔던 지윤은 두 잔의 커피를 내왔다. 그런데 물을 너무 많이 부어서 조금 싱거웠다.

이런 걸 안 해본 모양이다. 현수가 커피를 마시는 동안 지윤은 지사의 위치를 확인했다.

"자아, 이제 출발해 볼까?"

현수와 지윤이 나선 것은 대략 11시 30분경이다.

식사를 마친 후 설거지를 하겠다고 아래층으로 내려간 현수는 반군의 난입과 지윤의 서투름으로 인해 난장판이 된 현장을 목도하였다.

성품상 그냥 두고 갈 수는 없다. 그리고 손을 댔다 하면 제대로 해야 한다. 하여 제법 긴 시간이 소요된 것이다.

11시 30분쯤 운전석에 앉아 시동을 걸려는 순간 마당으로 경찰 오토바이들이 들어선다. 선두는 어제 무톰보 병원 경비를 맡았던 경찰 지휘관이다.

"닥터 킴! 잠시만요."

경찰 지휘관은 아주 공손했다.

어제 시내 곳곳을 경비하던 킨샤사 경찰과 수도 경비 임무를 맡았던 군인 가운데 많은 사상자가 발생되었다.

각각의 장소에 20~80명씩 배치되어 있었는데 무톰보 병원 경비 임무를 맡았던 경찰만 전원이 무사하다.

당연히 현수 덕분이다.

반군과의 전투는 오늘 새벽까지 시내 여러 곳에서 동시다발적으로 벌어졌다. 현재는 완료된 상태이다.

최종 집계된 반군 사상자는 1만 6,211명이고, 전원 사망이다. 이 중 1만 5,473명은 심장 또는 이마가 뚫려 있었다.

사망자의 4.5% 정도인 738명만 정부군에 의해 죽었다.

상대의 수가 압도적으로 많아서 겁에 질린 나머지 총만 내밀고 방아쇠를 당긴 결과이다.

나머지 95.5%는 현수와 신일호 형제들이 수고한 결과이다. 이들이 사용한 탄환의 수는 1만 5,473발이다.

딱 1 Shot, 1 Kill이었던 것이다.

현수와 신일호 형제가 나서지 않았다면 킨샤사 경찰과 정부군은 아마도 전원이 목숨을 잃었을 것이다.

아울러 많은 공무원과 민간인도 그랬을 것이고, 아프리카 전역에 콩고민주공화국 정부의 무능함이 전파되었을 것이다.

각국 수반이 머물고 있는 호텔과 공공기관의 경비를 담당했던 경찰과 군인들은 격렬하던 전투가 갑작스레 끝난 것이 의아했다.

반군들의 집요하면서도 맹렬했던 공격에 지리멸렬하게 될 상황이었는데 기대치 않던 외부 지원이 있었던 모양이다.

그 결과 삽시간에 모든 전투가 종결되었다.

그럼에도 이러한 사실은 총괄책임자인 내무장관 가에탄 카구지에게 보고되지 않고 있다.

훨씬 많은 숫자가 공격하여 거의 다 죽을 뻔했지만 용감히 반격하여 반군들을 물리친 것으로 보고되었을 뿐이다.

한국의 복지부동[9] 하고, 부정부패한 공무원들이 그러하듯 공을 탐냈기 때문이다.

따라서 조제프 카빌라 대통령도 이러한 사실을 모른다.

다만 무톰보 병원에서의 일만큼은 상부로 보고되었다. 현수가 당사자이니 감추고 싶지만 그럴 수 없었던 것이다.

경찰 지휘관은 본인과 부하의 목숨을 구해준 생명의 은인이 누군지 확실히 알고 있다. 하여 이토록 공손한 것이다.

게다가 대통령이 초청한 국빈 중의 국빈이라는 전갈이 있었다. 그래서인지 현재 각 호텔에 머물고 있는 각국 수반보다도 더 정중히 대하라는 내무부 지시가 있었다.

하여 현수 일행에게 타국 대통령에 준하는 경호를 제공하

---

9) 복지부동(伏地不動): 땅에 엎드려 움직이지 아니한다는 뜻으로, 주어진 일이나 업무를 처리하는 데 몸을 사림을 비유적으로 이르는 말

기 위해 이곳에 온 것이다.

"무슨 용무가 있으신가요?"

"네! 내무장관님께서 방문해주시길 요청하셨습니다."

"카구지 장관님이요?"

"맞습니다. 저희가 에스코트하겠습니다."

"뭐, 그러세요."

지사의 일도 급하지만 정부와의 관계는 더 중요하다.

잠시 후, 현수가 탄 차는 경찰의 삼엄한 호위를 받으며 내무부 건물로 향했다.

앞뒤로 경찰 오토바이 4대와 4대의 검은색 승용차가 호위했고, 현수와 지윤은 벤츠 방탄차 뒷좌석에 탔다.

조금 오래된 모델이긴 하지만 안은 멀쩡하다.

내무부 건물로 들어서자 반군들의 습격으로 인해 거의 모든 유리창이 깨져 있었다.

아울러 총탄과 수류탄으로 인해 부서진 곳도 많았고, 선혈로 얼룩진 곳도 많아 얼마나 치열했는지 충분히 짐작되었다.

"흐음! 여긴 피해가 많았나 보네요."

"네! 80명이 지켰는데 그중 76명이 전사했습니다. 둘은 중상이고요. 집중공격을 당한 모양입니다."

내무장관이 권력 실세라 많은 반군들이 몰려온 것이다.

"에고……."

"다행히 방어에 성공해서 내부 피해는 거의 없습니다."

"그렇군요. 그나마 다행입니다."

다 죽거나 다치고 둘만 남자 겁에 질린 경찰들은 항복을 뜻하는 백기를 내걸려고 했다.

불가항력이라 생각한 것이고, 구차하지만 목숨만은 보전하고 싶었던 것이다. 그런데 백기로 내걸 것이 없었다.

하여 장관 비서실 테이블보를 가지러 3층으로 올라갔는데 반군들이 우수수 쓰러지는 모습을 보게 되었다.

때맞춰 신이호, 삼호, 사호가 당도한 것이다.

눈에 보이지도 않고, 엄청 빨랐기에 반군들은 변변한 저항조차 못해보고 총알받이가 되어버렸다.

살아남은 둘은 치열한 전투를 치러낸 자신들의 공이라고 보고하였다. 하지만 이내 거짓말임이 드러났다.

장관 비서실엔 음성이 녹음되는 CCTV가 설치되어 있다. 혹시 있을지 모를 부정부패를 미연에 차단코자 설치한 것이다. 이는 장관 비서실 직원들이 자청한 것이다.

조만간 대대적으로 부정부패를 척결하기 위한 사정작업이 실시됨을 알기에 스스로 무고함을 증명하려 달아놓았다.

항복하려던 경찰들은 음성이 녹음되는 걸 모르고 항복하면 어찌할 것인지를 의논했다.

그렇기에 거짓 보고를 한 것이 곧바로 드러난 것이다.

게다가 반군들의 시체가 그 증거였다. 거의 대부분 심장을 꿰뚫려 사망했다.

이곳 경찰들의 사격 솜씨는 형편없기에 거짓말이 금방 들통 난 것이다. 그 결과 둘 다 구속된 상태이다.

전시나 마찬가지인데 항복을 결정했고, 거짓 보고를 한 셈이니 최하가 파면이고, 재수 없으면 악명 높은 감옥에 갇히게 되거나, 형장의 이슬이 될 확률이 높다.

전사자와 부상자는 모두 국가유공자 대접을 받지만 이들만 반역에 준한 처벌을 받게 되는 것이다.

"이쪽으로 오십시오."

현수가 안내된 곳은 장관의 집무실이 아니다. 원래 쓰던 공간이 심하게 붕괴된 상태이기에 사용할 수 없는 것이다.

"어서 오시게! 어제 대단한 활약을 했다고…? 고마웠네."

집무 중이던 장관이 환히 웃으며 두 팔을 벌린다. 환영한다는 뜻이고, 지금 기분이 매우 좋다는 의미이다.

"아! 네에."

"엄청난 사격 솜씨를 가졌다 들었네. 정부를 대표하여 감사의 뜻을 표하네."

방금 전 가에탄 카구지는 훈장 상신(上申) 서류에 서명을 했다. 최초 기안자는 현수를 안내했던 경찰 지휘관이다.

현수는 외국인인 신분이다.

따라서 언제 출국할지 알 수 없으므로 초고속으로 계통을 밟도록 서류에 '초긴급' 표시를 하여 불과 몇 시간 만에 내무장관 장관에 이르도록 한 것이다.

이 서류에는 무톰보 병원에서 있었던 활약이 자세히 기록되어 있다.

달랑 비서 아가씨 하나만 데리고 병원 옥상에 올라가 사방에서 다가오는 반군들을 모조리 쓸어버렸다는 내용이다.

사살된 반군의 숫자는 400명이 넘는다. 그런데 병원 경비병력은 고작 20명뿐이었다.

수류탄과 유탄발사기, 심지어 박격포까지 동원한 반군의 무장 상태를 차치[10] 하더라도 인원수만 따져도 20 : 1이다.

절대 열세였으니 현수의 활약이 없었다면 모조리 죽음을 면치 못했을 것이다.

그런데 경비 임무를 맡았던 경찰 전원이 무사할 뿐만 아니라 의료진과 환자, 그리고 보호자뿐만 아니라 병원 시설 전체가 무사하니 훈장을 신청한다고 기록되어 있다.

대상자는 현수와 지윤이다.

무톰보 병원에는 장관 본인의 아들과 아내 외에도 하원의장과 그의 아들, 그리고 그의 아내 또한 있다.

이들 모두 현수 덕분에 무사하다.

하여 현수는 2등급, 지윤은 3등급 공로훈장 상신이 올라온 것을 각각 1등급과 2등급으로 수정 후 사인했다.

대통령도 기분 좋게 사인할 것이다.

———————
10) 차치(且置): 내버려 두고 문제 삼지 않음

외국 수반들이 즐비한 가운데 절대 열세를 딛고 반군 전원을 사살하는 성과를 자랑할 수 있게 된 때문이다.

아무튼 서훈제도가 현실에 맞게 재정비된 후 외국인에게 주는 첫 번째 공로훈장을 현수와 지윤이 수여받게 된다.

"자, 앉으시게!"

"네."

현수가 소파에 앉자 지윤은 어찌해야 하나 싶어 잠시 망설였다. 비서이니 바로 곁에 앉는 것이 부담스러웠던 것이다.

하지만 현수가 곁에 앉으라는 손짓을 하자 그제야 조신하게 자리를 잡고 다이어리를 펼쳐 들었다.

이제부터 비서 본연의 임무에 충실하겠다는 뜻이다.

이곳은 장관 집무실이 아닌지라 집기들이 다소 투박하다. 반면 집기가 적어 오히려 간결하고 더 넓은 느낌이다.

"어제는 숙소도 좀 시끄러웠지?"

반군들의 공격을 뜻하는 말이다.

"네? 아, 네에. 엉망이었습니다."

"자네가 병원에 있는 동안 습격이 있었네. 나는 여기저기서 올라오는 보고를 받느라 정신이 없었고. 미안하네."

Chapter 10

—

조차지를 얻다

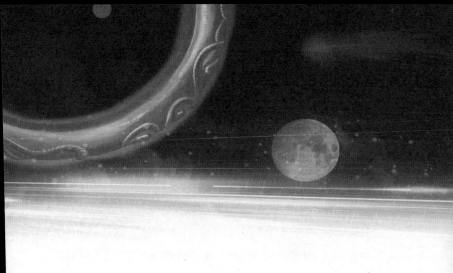

실제로 여기저기서 긴박함을 알리는 보고가 빗발쳤었다.

그 시각 조제프 카빌라 대통령은 각국 정상과 회의 중이었다.

그 시간 동안은 가에탄 카구지가 국정 책임자 역할을 맡아야 했다. 하여 현수에 대해 신경 쓸 겨를이 없었다.

새벽에 상황이 종료되고야 현수를 떠올려 어디에 있는지 안전한지 여부를 확인토록 했다.

그때 무톰보 병원에서 일이 있었으며, 밤새 숙소에 머물고 있다는 보고를 받았다. 하여 안도의 한숨을 내쉬었다.

"괜찮습니다."

"어제 저녁과 오늘 아침 식사는 어떻게 했나? 시내가 시끄러워서 근처 식당들이 다 문을 닫았을 텐데."

가에탄 카구지는 잘 챙겨주지 못한 것을 진심으로 미안해하는 표정을 지었다. 풀먼 호텔 스위트룸만 빼앗지 않았다면 하지 않아도 되었을 고생이기 때문이다.

"주방 냉장고에 식재료가 많더군요."

"부디 비서의 음식 솜씨가 좋았기를 바라네."

아름다운 지윤이 요리까지 잘할 거라 생각지 않는 것이다. 현수는 아까 먹었던 카레라이스를 떠올렸다.

"다행히 괜찮았어요. 그나저나 반군들을 어찌 되었습니까?"

"다행이었군! 모두 제압했네."

"그것도 다행이네요."

현수는 고개를 끄덕였다.

도로시는 반군 제서를 완수했다는 보고를 하지 않았다.

마타디항에 남아 있는 반군들이 아직 처리되지 않은 때문이다. 그들은 현재 신이호 형제들에 의해 소탕당하는 중이다.

"들었는지 모르겠네만 오늘 아침에 의회 의결이 있었네."

"아! 그러셨나요?"

반군들의 공격이 있었고, 이를 완벽히 제압한 상태이다.

민간인과 정부군의 사상자도 적지는 않지만 킨샤사로 난입했던 반군들은 모조리 황천길로 떠났다.

정부는 이에 대한 의회 보고를 실시한 바 있다.

이처럼 이른 보고를 할 수 있었던 것은 사건이 전격적으로 발생되었지만 단숨에 종결되었기 때문이다.

그리고 통쾌한 결말이기 때문이기도 하다.

어제는 킨샤사 시내 전역이 전쟁터였지만 현재는 이전보다도 더 평화로운 상태이다.

여기저기 매캐한 연기 냄새가 뒤덮고 있을 뿐이다. 발생된 화재를 아직 제압하지 못한 곳이 많아서 그러하다.

반군들의 시체를 어찌 처리할 것인지에 대한 의논이 필요했다. 한 곳에 묻기에는 너무 숫자가 많은 때문이다.

소각을 하자니 소요될 연료가 만만치 않고, 냄새도 문제이다. 하여 의회 보고를 하면서 의견을 개진(開陳)했던 것이다.

화장은 비용이 너무 많이 들어서 제외되었다.

매장하는 경우는 시체가 부패하면서 발생되는 토양오염과 침출수가 지하수를 오염시키는 것이 우려되었다.

숫자가 적지 않으니 차지하는 면적도 만만치 않다.

하여 시체들을 배에 싣고 먼 바다로 나아가 순차적으로 폐기하는 것으로 결정되었다.

다만 한 곳에 왕창 쏟아 붓는 게 아니라 운항을 하면서 하나씩 차례대로 빠뜨리는 방법이다.

물론 모든 의복이 벗겨진 상태로 버려진다.

폐기될 시체의 숫자가 1만 6,211구이니 심각한 해양생태계 교란 행위가 될 수도 있다.

그럼에도 이런 결정을 내린 것은 콩고민주공화국의 국력과 행정력이 그것밖에 안 되는 때문이다.

반면, 희생된 정부군과 경찰의 시신은 한국으로 치면 현충원 같은 곳을 조성하여 그곳에 모시기로 했다. 유족들에겐 적지 않은 위로금을 전달하는 것으로 의견을 모았다.

의회에선 정부의 준전시상황에 따른 계엄령 선포에 동의하였을 뿐만 아니라 적극 협조하기로 하였다.

반군들에게 정권을 빼앗기면 후투족에 의한 투치족 사냥이 시작된다. 여당, 야당뿐만 아니라 일반 국민들까지 모조리 죽여 버릴 것이다. 종족 말살이 시작되는 것이다.

이는 조제프 카빌라 대통령의 부친인 롤랑 카빌라가 모부투와 내전을 치르는 와중에 후투족 난민들을 대량 학살 했다는 의혹이 있기 때문이다.

현재 후투족과 투치족은 서로를 용서할 수 없는 적이다. 따라서 적전분열을 일으키면 남 좋은 일만 하는 셈이다. 하여 당분간 내부 다툼을 중지하겠다는 의결을 한 것이다.

다음 의결은 남아공 출신 세계적인 자본가 하인스 킴에게 킨샤사 동부외곽의 535㎢와 마이은돔베 주 전역인 12만 7,465㎢를 200년간 조차해 주는 것이었다.

의결에 앞서 가에탄 카구지 장관의 비서가 브리핑을 했다.

조차지를 제공하면 무엇을 대가로 받을 것인지와 조건이 가장 먼저 언급되었다.

조차를 허락할 경우 30억 달러를 일시불로 지급한다는 내용에 다들 놀란 표정이다. 세계에서 손꼽히는 가난한 국가의 의원들이니 지극히 당연한 반응이다.

요구된 조차 예정지에는 마을이 조성된 곳도 있지만 대부분이 미개발지이다. 이런 곳에 많은 자본을 들여 농장을 구축한다는 말에 다들 입을 딱 벌렸다.

개인이 벌이기엔 너무나 큰일이었으므로 이에 대해 의아함을 표시한 의원이 있었다. 30억 달러나 내고도 얼마나 여유가 있을지 궁금했던 모양이다.

이에 제시된 것은 최근 '인터내셔널 이코노믹'에서 보도한 자료이다. 하인스 킴의 개인재산이 무려 2,258억 7,000만 달러 정도로 불어났다는 내용이다.

9월 5일엔 509억 달러였는데, 9월 24일엔 4.43배가 뻥튀기되었다. 오늘은 10월 11일이니 17일이 더 경과되었다.

20일간 4.43배 늘었으니 산술적으로 따지면 3.76배 정도가 더 늘어나 있을 것이다.

그 계산의 결과는 8,505억 1,348만 달러이다.

한화로 환산하면 999조 9,912억 원이다. 거의 1,000조 원에 육박한다. 실로 어마어마한 금액이다.

유엔이 조사한 바에 의하면 콩고민주공화국의 전년도 국내총생산 GDP는 379억 2,000만 달러였다.

그런데 현수 개인의 추정재산이 이보다 22.4배 이상이라고 한다. 그 결과를 본 의원들은 입을 다물었다.

현존 세계 최고의 부자가 자국에 투자를 하겠다고 나섰는데 토를 달았다가 자칫 투자를 철회하게 되면 그 즉시 조리돌림을 당할 수 있음을 알기 때문이다.

도로시가 작성하고, 제공한 자료들을 본 의원들은 입을 딱 벌렸다. 조성될 농장의 규모와 종류 때문이 아니다.

조차 예정지엔 현재 약 200만 명이 거주하는 것으로 집계되어 있다.

하인스 킴은 이 중 100만 명 정도를 생산 가능 인구로 파악하고 있으며 이들 모두를 고용할 예정이다.

이들의 급여는 월 300달러로 책정되어 있다.

대통령 경호실 소속 특공경찰의 평균 월급이 100달러인데 이보다 3배나 더 준다니 놀라지 않을 수 없었다.

조차지는 정부에서 최고 33.3%를 소득세로 징수할 수 있도록 협조하겠다고 하였다.

이 경우 세수가 12억 달러나 증대된다. 내년도 국가예산의 42%에 해당되는 거금이다.

킨샤사 동부 지역 535㎢에는 도서관, 영화관, 쇼핑몰, 백화점, 식물원, 놀이공원 등이 조성될 예정이다.

아울러 최첨단 시설을 갖춘 10,000병상 규모의 종합병원이 설립될 것이며, 그 인근에 의과대학과 치과대학, 간호과대학과 약학대학, 치기공대학 등이 신설된다.

획기적이고 종합적인 의료특구 신설을 의미한다.

이곳은 콩고민주공화국 국민에게 개방될 예정이다.

다시 말해 조차지에 고용되지 않더라도 종합병원을 이용할 수 있으며, 의과대학 등으로 입학할 수 있다는 뜻이다.

의과대학의 경우는 현재의 미국과 한국의 의료수준을 갖춘 인재를 길러내는 기관으로 자리매김하게 된다고 하였다.

아무튼 조차지 제공에는 여러 조건이 붙어 있다.

조차지까지 도로를 신설 및 확장하고, 철도를 부설(敷設)해 달라는 것이다.

대신 조차지에서 생산되는 농·축·임·수산물 중 정부가 필요로 하는 양을 저렴한 가격에 우선 공급해준다고 했다.

1976년 자이르(현재의 콩고민주공화국)는 경제난 때문에 소맥(小麥, 밀)대금의 지불을 1년간 미루겠다고 하였다.

이에 미국의 곡물회사 콘티넨탈(Continental)은 즉각 밀 공급을 줄여 버렸다.

그러자 빵집 앞 장사진, 밀가루 매점매석, 절도 등 사회혼란이 빚어졌고, 많은 아사자(餓死者)들이 발생하였다.

결국 자이르 정부는 굴복했다.

소맥대금은 정부 중앙은행에서 현금으로 지불하기로 했고, 밀가루 수입은 콘티넨탈이 독점케 하기로 한 것이다.

국가가 일개 기업 앞에 무릎 꿇은 셈이다.

딱 40년 전의 일이므로 의원들 대부분이 이때의 일을 기억하고 있었다. 그렇기에 조차지에서 생산된 각종 산물을 우선적으로 공급받는다는 것에 찬사를 보냈다.

대신 조차지는 치외법권이 인정되어야 하며, 어떠한 명목으로든 세금을 요구할 수 없고, 우호적 관계를 유지해야 한다는 등의 조건이 붙어 있었다.

그리고 지하자원의 개발권한도 조차지가 갖는다.

의결 결과는 만장일치 찬성이다. 국가에 크게 도움 되는 일이니 당연하다.

탁자 위의 차를 한 모금 마신 가에탄 카구지는 부드러운 미소를 지으며 현수를 바라본다.

이제부터는 공적인 일이라 그런지 표정이 엄숙해진다.

"미스터 킴!"

"네! 장관님."

"전에 아국에 조차지를 제안했었지요?"

"네! 그랬지요."

"그래서 우리 정부와 의회는 킨샤사 외곽과 마이은돔베주 전체를 포함한 12만 8,000㎢를 조차하기로 결정했습니다."

"아…! 감사합니다."

"하하하! 축하합니다."

"네! 감사합니다."

현수는 조차지를 제공받은 일이 한두 번이 아니다. 하여 감격하거나 가슴 벅찰 만한 일은 아니다. 그럼에도 너무 맨송맨송하면 그렇기에 짐짓 환한 웃음을 지어 보였다.

"약속했던 건 조약식 거행 후에 송금하면 됩니다."

조차의 대가 30억 달러를 뜻하는 말이다.

그런데 조약(Treaty)이라 함은 국제법 주체 간에 국제법률관계를 설정하기 위한 명시적(문서에 의한) 합의이다.

따라서 문구 하나, 점이나 쉼표 하나까지 세세히 따져보아야 한다. 국제법에 밝은 변호사가 필요한 시점이다.

이 순간 머리에 떠오르는 사람이 하나 있다.

'도로시!'

'네! 폐하, 감축드려요. 드디어 시작이군요.'

'그래! 마스터플랜이나 잘 짜놔.'

'넵! 최선을 다할게요.'

'그래! 그리고 예카테리나 일리치 브레즈네프 변호사에게 연락해. 피어슨 & 하드먼에 근무한다고 했지?'

'네! 미국 최고의 로펌이라 할 수 있는 곳이죠.'

'그래! 거길 떠나 Y & E 로펌 설립을 제안해 봐.'

'네? 그게 무슨 말씀이신지요? 그리고 Y는 알겠는데 E는 무슨 의미인 거죠?'

'우리 일을 전담케 하려고. 거기 있으면 그러기 쉽지 않잖아. 그리고 E는 예카테리나(Екатерина)의 이니셜이야.'

전속 로펌이 필요한 시점이다. 대한민국의 상장사 주식 거의 전부를 외국인 주주들이 가졌기 때문이다.

주효진과 김승섭 변호사가 있기는 하지만 둘 다 국제법엔 조금 약하다. 그렇기에 반문이 없다.

'아! 네에. 즉시 알아볼게요.'

기억을 더듬어 보니 테리나는 참 사랑스러운 아내였다.

1,281살에 사망했으니 1,250년 이상 곁에 머무르며 여러모로 행복함을 선사하기도 했다.

보기와 달리 애교도 많았고, 때론 투정도 부릴 줄 알았다. 그리고 아주 달콤하며 행복한 사랑을 베풀기도 하였다.

사망 후엔 '살아 있을 때 조금 더 잘해줄걸' 하는 후회를 꽤 오랫동안 했었다.

이쯤 되면 보답이 필요하다.

그런데 미국 로펌엔 두 부류의 변호사가 재직한다.

하나는 높은 연봉을 받는 파트너 변호사이고, 다른 하나는 소속 변호사(Associate)이다.

'테리나의 연봉은 얼마나 되지?'

'잠시만요. 아! 올해는 31만 6,000달러네요.'

로펌 소속 변호사의 평균 연봉보다 살짝 많은 금액이다. 능력은 있지만 로펌이 크게 중요시하는 것은 아니라는 뜻이다.

'그럼, 일단은 지금 받는 것의 10배를 연봉으로 제시해.'

'현재의 10배요?'

'응! 더 원하면 더 줘도 돼.'

'알겠어요.'

도로시에게 있어 316만 달러(37억 1,537만 원)는 돈도 아니다. 그렇기에 다소 시큰둥한 대답이다.

테리나는 이실리프 제국 건국사에도 등장하는 위대한 황후(Empress) 중 하나이다.

자애롭고, 지혜로웠으며, 정숙하고, 고상했으며, 우아하고, 품위 있었으며, 성정이 고왔고, 예의 바랐으며, 공정하였고, 현명하였으며, 아름답기 이를 데 없었다고 기록되어 있다.

*   *   *

현수에겐 한결같은 아내였고, 자식과 후손들에겐 엄하면서도 한없는 사랑을 베푸는 존재였다.

국민들에겐 더없이 자애로우면서도 지극히 공정하였고, 어려움을 헤아릴 줄 아는 황후이기도 했다.

테리나는 법률 전문가로서 제국의 법전을 편찬하는 일 중 국제법 실무를 맡았을 뿐만 아니라 전체를 총괄하였다.

법에 맹점이 발생되지 않도록 꼼꼼히 살피는 한편 무전유죄, 유전무죄와 같은 어휘가 사용되지 않도록 세심히 법전 편찬 전반에 관여하였던 것이다.

하여 '디케 오브 엠파이어'라고 불렸다. 참고로, 디케는 '정의의 여신'을 뜻한다.

'외람된 말씀이지만 브레즈네프 변호사는 유부녀입니다.'

'알아! 동료 변호사랑 결혼했다며.'

'폐하! 혹시……'

다른 마음을 품은 것은 아니냐는 질문은 꺼내지 못했다 그 속을 미리 짐작한 현수가 먼저 입을 연 때문이다.

'어허! 나를 뭘로 보고… 국제법에 밝은 변호사가 필요해. 근데 아무나 쓸 수 없잖아. 테리나는 아주 쓸 만한 재원이야. 그래서 부르는 거니까 다른 소릴랑 하지 마라. 알았어?'

'네! 폐하.'

도로시는 깨갱하며 찌그러졌다. 감히 황제의 속뜻을 제 마음대로 재단한 죄를 지었음을 알기 때문이다.

'테리나 주변을 잘 살펴서 도움이 필요하면 도와줘도 돼.'

집안에 어려운 일이 있으면 스트레스를 받게 되고, 때로는 잘못된 결정을 내릴 수도 있다.

이는 현수가 하려는 일에 방해가 될 수도 있다. 이를 미연에 방지하라는 뜻이다.

어찌 도로시가 이를 모르겠는가!

'네, 폐하! 주변을 세심히 살펴볼게요.'

도로시와의 짧은 대화가 끝났을 때 지윤의 까만 눈동자가 느껴졌다.

조금 전 가에탄 카구지와의 대화는 링갈라어로 나누었다. 당연히 한마디도 알아듣지 못하였다.

그런데 둘의 분위기가 아주 화기애애하였다. 하여 대체 무슨 뜻이었는지 알고 싶었던 것이다.

하여 입을 열려는데 가에탄 카구지가 먼저였다.

"잉가댐 공사에 대한 견적은 아직이신가?"

"아! 그렇지 않아도 오늘 본사에서 견적서가 오기로 되어 있습니다. 확인 후 곧바로 제출하겠습니다."

"그래! 대통령님과 나눈 이야기를 알고 있네. 40억 달러 이하면 내 선에서 결정 가능하니 그에 맞춰 오시게."

"……!"

현수는 즉답 대신 장관의 눈을 바라보았다.

40억 달러에 견적을 넣고, 차액이 발생되면 달라는 건지를 가늠하기 위함이다.

이런 분위기를 눈치챘는지 슬쩍 헛기침을 한다.

"험, 험! 험험험!"

"조차지를 조성할 때 제 저택 인근에 고급 주택단지를 조성하려고 합니다. 제가 만들려는 병원에서 가까운 곳이죠. 나이가 들면 병원 가까운 곳에 사셔야 하니까요."

"……!"

"여러 모로 배려해 주시는 대통령님과 장관님을 비롯한 분들을 위한 곳으로 생각하고 있습니다."

조차지의 주인은 현수이다. 100살까지 산다면 앞으로 70년간은 왕으로 군림할 수 있다.

그런 왕이 사는 곳 인근이니 결코 허투루 무언가를 지어놓지는 않을 것이다. 은퇴하면 그런 곳에 머물라는 뜻이다.

따라서 사리사욕을 채우려 노력하지 않아도 된다.

그런데 무슨 영문인지 모르겠다는 표정이다.

"장관님은 노후 걱정을 안 하셔도 된다는 뜻입니다."

"아……! 그런가? 아아! 그래서……."

이제야 이해했는지 장관은 만족스럽다는 표정이다. 이때 현수의 뇌리로 스치는 상념이 있었다.

"참! 외국인을 조심하십시오."

"으잉? 그게 무슨 뜻인가?"

"AIDS가 심히 우려됩니다. 아셨죠?"

슬쩍 윙크를 하자 장관은 몹시 놀란 표정을 짓는다.

그러다 슬쩍 지윤의 반응을 살핀다.

혹시 뭔가를 알아들었을까 싶어서이다. 하지만 링갈라어로 나눈 대화라 뭔 소린가 하는 표정으로 보고 있을 뿐이다.

가에탄 카구지에겐 남모르는 취미 생활이 있었다.

몸매 늘씬한 외국인 모델들과 즐거운 시간을 보내는 것이다. 이는 제프가 귀국하기 전까지의 일이다.

킨샤사 모처에 마련된 호화 별장엔 카지노, 바, 연회장, 수영장, 침실, 마사지 룸 등이 완비되어 있다.

이곳의 모든 것은 외국의 5성급 호텔에 준하며 온갖 서비스가 제공된다. 그중 하나가 뼈가 녹을 듯한 환락이다.

한 달에 두어 번 개최되는 파티는 몸매 늘씬한 외국인 여성 모델들의 댄스 쇼로 시작된다.

술과 음식을 즐기다가 마음에 드는 여성을 선택하면 환락이 시작되는 것이다. 모든 비용은 특혜를 받는 기업들이 제공한다. 전형적인 후진국형 정경유착의 한 모습이다.

초청장은 비서들도 모르게 은밀하게 전달되는데 이를 제시하면 밤새도록 진탕 즐길 수 있다.

이 파티에 참석한 남자들은 모두 가면을 쓴다.

같은 건물에 있어도 남자들끼리는 동선이 겹치지 않아 서로 만나지도 못하지만 설사 마주친다 하더라도 대화를 나누지 않도록 되어 있다.

서로 신분을 드러내지 않는 것이 첫 번째 규칙인 것이다.

반면 여성들은 모두 얼굴을 드러내고 있으며, 비키니 차림이다. 아무나 어디든 만질 수 있으며, 사내가 지목하면 거절하지 않고 기꺼이 침실로 안내하도록 되어 있다.

전문적으로 몸을 파는 콜걸이라면 AIDS나 성병 검사를 주기적으로 받는다.

그런데 파티에 초청된 외국인 모델들은 그렇지 않다.

하여 이 시기에 정부 고관 중 몇이 후천성면역결핍증을 앓다가 사망했다. 그걸 경고해 준 것이다.

가에탄 카구지는 무엇을 경고했는지 금방 깨달았다.

"아, 알겠네."

걸리면 죽는다는 것이 AIDS이다. 그렇기에 약간 떨떠름한 표정이다. 그런데 현수가 어찌 알았나 싶다.

외국인이고, 이번이 겨우 두 번째 방문이다. 따라서 파티에 참석하진 않았을 것이다.

"근데 그걸 어떻게……?"

"에이, 그건 다 아는 수가 있죠. 아무튼 저는 이만 물러갑니다. 견적서 왔는지 확인하고 연락드리겠습니다."

"어, 어! 그, 그러시게."

가에탄 카구지는 얼떨결에 현수를 보내놓고는 이건 뭔가 하는 표정을 지었다.

아무도 모르는 비밀이 까발려진 것만 같아서이다.

내무부 건물을 나선 현수는 곧장 풀먼 호텔로 향했다. 그런데 경호 차량이 대폭 늘어나 있다.

앞뒤를 호위하는 사이드카[11] 만 각각 8대씩이고, 전후에 4대씩 좌우 2대씩 총 12대의 차량이 동행하고 있다.

오토바이 측차(側車)에 탑승한 경찰은 기관총으로 무장되어 있고, 차량엔 각각 4명씩 승차하고 있다.

운전자를 포함하여 총 64명이 동원되었다. 이 정도면 국가 원수에 준하는 경호이다.

<u>콩고민주공화국</u> 정부 입장에서 보면 현수는 국빈 중의 국빈

11) 사이드카(Sidecar): 오토바이 따위의 옆에 사람을 태우거나 물건을 싣도록 달린 운반차. 또는 그것이 달린 오토바이

이다. 막대한 투자를 할 세계 최고의 부자인 것이다.

지나처럼 투자를 하며 이런 저런 불리한 조건을 제시한 게 아니다. 당분간 사용 확률이 매우 낮은 미개발지를 200년간 빌려주면 30억 달러를 제공하는 한편, 그 땅에 거주하는 국민 100만 명 정도를 고용하겠다고 하였다.

아울러 소득세를 원천징수하여 세입을 크게 늘려준다고 한다. 어느 나라나 넙죽 받아들일 너무나 좋은 조건이다.

그런데 현수나 일행의 일신상에 문제가 생겨 투자 의사가 철회되거나, 중단되면 너무나 큰 손해이다.

반군의 엄청난 공격을 받은 다음 날 아침에 의회가 열리는 것은 상당히 이례적인 일이다.

그럼에도 일사천리로 조차에 관한 의결까지 이루어진 것은 투자자의 변심을 우려한 때문이다.

기회가 왔을 때 잡지 못하면 다시는 그런 기회가 오지 않을 수도 있다는 위기감을 여야 모두 확실하게 느낀 것이다.

그래서 전격적으로 의결까지 이루어졌다. 그 직후 야당이 먼저 국빈급 경호를 제공하자는 의견을 개진[12] 하였다.

여당 입장에선 불감청(不敢請)하나 고소원(固所願)한 일이다. 그렇기에 조제프 카빌라는 즉각 서류에 사인을 했다.

그 결과 현수와 그 일행의 안위를 보전키 위해 대통령보다도 더 극진한 경호가 시작된 것이다.

12) 개진(開陳): 주장이나 사실 따위를 밝히기 위하여 의견이나 내용을 드러내어 말하거나 글로 씀

그런데 현수의 이동을 바라보는 호기심 어린 눈길이 없다.

아프리카 정상회담이 열리는 현재 수시로 각국 정상들이 이동하는 것을 보았기 때문일 것이다.

풀먼 호텔에 당도하기 약 4분 전, 지윤은 승용차 뒷좌석 왼편에 앉아 창밖에 시선을 주고 있다.

현수도 물끄러미 밖을 내다보는 중이다.

오는 동안 의회 의결을 통하여 조차지 법안이 통과되었음을 이야기해 주었다.

지윤은 새삼 놀란 눈으로 현수를 바라보았다.

살고 있는 나라보다도 더 큰 땅을 조차지로 얻었다는 데 어찌 놀라지 않겠는가!

지윤은 그곳에서 무엇을 할 것인지를 물었다. 대강 들은 바가 있지만 그때는 조차가 결정되기 전이다.

이후에 내용이 변경되었을 수가 있다.

그리고 비서로서 내용을 알고 있어야 회사의 누군가가 물었을 때 대답할 수 있는 때문이기도 하다.

현수는 보다 세밀한 계획이 수립되면 설명해주겠다고 약속을 했다. 이에 지윤은 고개를 끄덕였다.

대한민국보다 훨씬 넓은 땅을 개발하는 일이니 금방 계획이 수립되지는 않을 것이라 생각한 것이다.

하지만 이는 지윤의 생각일 뿐이다.

조차가 결정되자 도로시는 즉각 명령을 내렸다. 하여 위성들이 조차지에 대한 상세 조사를 실시하는 중이다.

우선은 지형과 토양, 그리고 기후에 관한 조사이다. 각종 작물을 재배하려면 일차적으로 알아야 하는 것이다.

다음은 각종 지하자원에 관한 것이다.

어디에, 어떤 자원이, 어느 정도 매장되어 있으며, 그것을 캐내기 위해 어떤 기술이 적용되어야 하며, 어떻게 하면 보다 쉽게 사용할 수 있을지에 관한 것이다.

아울러 채굴된 지하자원을 이용한 산업단지도 고려한다.

경기도에 위치한 반월공업단지나 시화산업단지 같은 것들이 여기저기에 설립되어 각종 생필품을 생산하게 될 것이다.

이들은 가칭 '이실리프 자치령'의 자급자족을 위한 산업기반이다.

비누, 샴푸, 린스, 손톱 깎기, 가위, 칼, 종이, 그릇 등 각종 생필품은 모두 자체 제작하여 공급함을 원칙으로 한다.

컴퓨터와 프린터 등도 마찬가지이다.

이를 만들기 위한 각종 소재와 부품도 자급한다. 액정 디스플레이와 반도체도 당연히 포함된다.

아울러 자동차와 헬리콥터, 전투기, 전차 등 각종 병기류도 100% 자체기술, 자체부품으로 만들어내게 될 것이다.

온갖 종류의 지하자원이 풍부하게 매장되어 있으며, 첨단을 뛰어넘는 미래기술이 있으니 충분히 가능하다.

무기류를 제외한 나머지는 콩고민주공화국 내수를 위해 팔려 나갈 것이고, 나아가 아프리카 전역에도 수출된다.

참고로, 현재는 삼성이 반도체를, LG가 디스플레이를 꽉 잡고 있다. 그러나 곧 밀려나게 된다.

현재보다 훨씬 앞선 기술이 적용된 반도체와 디스플레이 등이 생산될 것이기 때문이다.

예를 들자면 폴더블 디스플레이를 가능하게 하는 소재가 '폴리이미드' 이다.

현재의 기술로는 고작 수십만 번 접었다 펴는 정도이다.

도로시는 1억 번 이상 접었다 펴도 아무 이상 없는 슈퍼 폴리이미드 제작기술을 보유하고 있다.

반도체 제작에 사용되는 에칭가스의 경우는 아예 순도 100%짜리를 만들어낼 기술이 있다.

모바일용 이미지 센서의 경우 삼성은 2019년이 되어야 1억 800만 화소짜리를 양산하게 된다. 이때까지 이미지 센서 1위 자리를 지키는 SONY는 4,800만 화소가 고작이다.

그런데 만능 제작기를 사용하면 100억 화소짜리 이미지 센서를 당장에라도 만들어낼 수 있다.

현재의 기술이 발달하고 또 발달해도 100년 이상 걸려야 할 만큼 대단한 기술이 적용된 것이다.

그만큼 기술 격차가 크다. 그럼에도 이보다 훨씬 더 훗날에 개발될 만능제작기가 있으니 가능한 일이다.

2016년 현재 5나노 반도체는 꿈의 기술이다.

참고로, 1nm는 10억분의 1m를 뜻한다.

머리카락 두께의 5만 분의 1에 해당하는 크기이고, 수소원자 지름의 10배에 해당하는 길이이다.

도로시는 언제라도 1만 분의 1 나노가 적용된 반도체를 생산해낼 수 있다. 그러면서도 수율은 100%이다.

불량품이 만들어질 수 없는 공정이 개발되어 있는 것이다.

만능제작기를 이용한 반도체 제작시스템이 갖춰지는데 걸리는 시간은 불과 사흘이다.

만능제작기로 다른 만능제작기들을 만들어내고 이것들이 또 다른 만능제작기를 만들면 되는 일이기 때문이다.

이렇게 갖춰진 만능제작기들을 이용하면 하루에 1억 개 이상의 반도체를 만들 수 있다.

마음만 먹으면 언제든 대량생산이 가능한 것이다.

물론 비용은 매우 저렴하다. 따라서 언제든 세계 반도체 시장을 휩쓸어 버릴 수 있다.

이를 사용한 휴대폰을 예로 들자면 이것은 한글로 만들어진 자체 OS가 탑재된다.

반응속도가 안드로이드의 1,000배 이상이다.

Chapter 11

—

아! 삼협댐

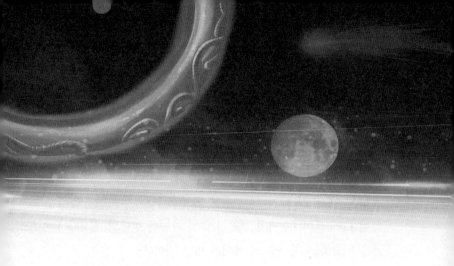

　삼성에서 2019년쯤 발표하게 될 갤럭시 S10과 일부 사양을 비교해 보면 다음과 같다.

	갤럭시 S10 5G	이실리프 Y01
프로세서	2.73+1.95GHz	256GHz
램	8GB	1TB
내장메모리	512GB	256TB
전면카메라	1,000만 화소	1억 화소
후면카메라	1,600만 화소	8억 화소

이쯤 되면 비교하는 것이 부끄러울 지경이다.

램은 128배, 내장메모리는 512배이다. 전면카메라는 10배, 후면카메라는 50배 고성능이다.

참고로, 고배율 줌 기능이 있어 달 표면도 선명하게 촬영할 수 있으며, 연구실에서는 현미경 대용으로 쓸 수도 있다.

통화품질 등 제반사항은 비교하는 게 우습다.

이는 자격루[13]와 원자 고유공명 주파수를 기준으로 측정하여 1,000분의 1초까지 정확히 측정 가능한 현대의 초정밀시계를 비교하는 것 정도의 차이가 있을 것이다.

이뿐만 아니라 현재와는 개념 자체가 다른 컴퓨터 및 반도체 기술 등이 수두룩하다.

생체컴퓨터가 그중 하나이다. 참고로, 도로시는 이보다 더 발전된 에고를 가진 모델이다.

여기에 비하면 현재의 과학기술은 2016년과 구석기 시대를 비교하는 것과 마찬가지이다.

아예 게임 자체가 되지 않는 것이다.

어쨌거나 이실리프 자치령에서는 현재에는 없는 여러 물품들을 생산해내게 될 것이다.

예를 들자면 '개인용 날틀'이 그것 중 하나이다. 이것은 1인승 완전 자율비행체이다.

위성과의 끊임없는 교신을 통해 승객을 목적지까지 안전하

---

13) 자격루(自擊漏): 1434년(세종16년) 장영실·김조·이천 등이 제작한 자동으로 시보를 알려주는 장치가 되어 있는 물시계. 경(약 2시간 단위), 점(약 25분 단위) 간격으로 시간을 알렸다

게 이송해준다. 완전 자율비행이라 목적지 입력만 하면 손가락 하나 까딱하지 않아도 된다.

승객이 직접 조종하지 않으니 면허증이 필요 없다. 한글을 읽고 쓸 수만 있으면 된다. 목적지 입력 때 필요하다.

여기에 뇌파감응기를 달면 굳이 입력하지 않아도 비행이 시작된다. 인간의 생각을 읽는 기술도 적용 가능한 것이다.

참고로, 이것의 사고율은 0%이다.

마하10의 속력으로 쏘아져가는 미사일 100기를 발사해도 모두 피해갈 절대회피 기술이 적용되어 있기 때문이다.

이러니 미사일보다 속력이 늦은 다른 비행체와 어찌 충돌하는 등의 사고가 나겠는가!

이것들은 이실리프 자치령 내부에서만 사용된다. 현재의 국제 질서를 깰 마음이 없는 때문이다.

사람이 타는 대신 하프늄 폭탄인 추살 시리즈가 탑재되면 곧바로 공군력으로 치환될 수 있다.

이보다 하위 버전인 헬리콥터와 전투기 등 각종 무기들도 제작할 것이다. 조차지 방어를 위한 목적이다.

모두 무인비행이 가능하다.

총중량 30kg 정도인 추살 10호엔 하프늄 10kg이 담긴다. 이것은 거의 원자폭탄급이다. 체중 90kg인 조종사가 타지 않는다면 3발을 더 탑재할 수 있다.

이렇듯 강력한 무장 탑재가 가능하므로 누구든 자치령을

건드리기만 하면 그 나라 자체를 지도에서 지울 정도로 강력한 보복을 당하게 될 것이다.

추살 10호 500발을 싣고 가 모조리 투사하면 웬만한 나라는 몽땅 초토화되는 때문이다.

하긴 2차 세계대전의 전범국 중 하나인 일본은 겨우 원자폭탄 2발에 항복을 했다.

그런데 그보다 강한 위력을 가진 추살이 500발이나 떨어지면 어떻겠는가! 세계 최강국인 미국이라도 즉각 항복하지 않고는 배길 수 없을 것이다.

참고로, 미국엔 인구 70만 명 이상인 도시가 20개 있다.

뉴욕이 가장 많은 858만 명가량이고, 20위는 약 70만 명이 사는 워싱턴 D.C이다.

각각의 도시에 원자폭탄이 25개씩 떨어지면 어떻게 되겠는가! 아마도 가루가 되어 뭉개질 것이다.

어쨌거나 우주에 떠 있는 위성에서는 마이은돔베주를 포함한 조차지 전반을 면밀하게 조사하고 있다.

우선은 거주자들이다. 어디에, 몇 명이 살고 있는지, 무엇을 하는지가 빠짐없이 조사되고 있다.

위성과 도로시에겐 숨 쉬는 일처럼 쉬운 일이므로 이런 조사는 불과 몇 초 만에 끝났다.

다음은 지하자원에 대한 조사이다. 일단은 30㎞ 깊이에 매장된 것들까지 샅샅이 조사되었다.

참고로, 인류가 가장 깊이 판 깊이는 2011년 러시아 사할린 섬에서 파고 들어간 12,345m이다. 12㎞를 조금 넘긴다.

현재의 기술로는 이보다 더 깊은 곳까지 시추가 불가능하지만 현수는 아니다. 작업용 안드로이드를 투입하면 지하 100㎞에 있는 것이라도 얼마든지 채굴 가능하다.

확인 결과 금, 은, 다이아몬드, 에메랄드, 사파이어, 루비 같은 귀금속 종류가 상당량 매장되어 있음이 확인되었다.

콜탄, 코발트, 우라늄, 구리, 아연, 철, 납, 흑연, 황, 주석, 장석, 중정석, 활석, 형석, 석회석 등 부존자원[14]도 많다.

이뿐만이 아니다.

엄청난 양은 아니지만 석유와 천연가스도 충분히 있었다.

게다가 첨단산업에 유용한 탄탈, 니오브, 지르코늄, 게르마늄, 란탄, 텅스텐, 몰리브덴도 있고, 희토류도 많이 있다.

이쯤 되면 완전한 자급자족이 가능하다.

지하자원에 대한 조사를 하는 동안 도로시는 조차지 개발 계획을 수립하고 있었다.

어디에, 무엇을, 얼마나, 어떻게 설치할 것인지를 상세하고 다양하게 시뮬레이션해 보았다.

기후, 토양, 지형, 환경, 작물의 특성 등이 모두 고려된다.

뿐만 아니라 수확물을 어디서, 어떻게 처리하고, 어떻게 외부로 반출할지에 관한 내용도 수립된다.

14) 부존자원(賦存資源): 경제적 목적에 이용할 수 있는 지각 안의 지질학적 자원

조차지의 최종 목표는 모든 것을 자급자족하는 것이다.

다시 말해 식량은 물론이고 비누, 치약, 수건 같은 생필품을 비롯하여 가구, 가전제품, 자동차, 기차, 비행기에 이르는 모든 것을 자체 생산하는 것이다.

가장 먼저 지하자원을 채굴 및 제련하여 기초 소재를 만들어내고, 이것을 이용한 각종 부품을 자급한다.

그리고 이것들을 조합하여 필요로 하는 모든 물품을 자체적으로 만들어내는 것이 목표인 것이다.

물론 자치령 수호(守護)를 위한 무장(武裝) 포함이다.

소총과 총알은 물론이고 전투기에 이르기까지 모두 자체 제작하여 사용한다.

미래의 첨단기술이 있으니 시간만 넉넉하면 세계 최강인 미국과 전면전을 붙어도 별다른 피해 없이 상대를 궤멸시킬 정도의 무력을 갖추게 될 것이다.

그러면서도 자연환경을 최소한으로 훼손하는 방향으로 계획을 잡는다. 인간과 자연의 공존도 고려하는 것이다.

도로시가 총 12만 8,000㎢에 달하는 조차지를 개발하는 마스터플랜을 수립하는 데에는 분명한 기준이 있다.

'최소훼손', '최소자본', '최단기간', '최대효율', '최대성과'가 그것이다.

자연을 보호하고, 청정지역을 유지하려는 노력과 더불어 인간 중심인 살기 좋은 터전을 만들어내려는 것이다.

조사는 금방 끝나지만 마스터플랜을 짜는 데는 제법 긴 시간이 걸린다. 경우의 수가 무수한 때문이다.

그렇기에 현수가 물끄러미 창밖을 보고 있음에도 도로시의 속삭이는 소리가 없는 것이다.

안 그랬다면 곁에 있는 지윤의 손을 잡아보라는 등의 낯간지러운 요구를 했을 것이다.

한편, 지윤도 킨샤사 거리를 구경하고 있다.

어제의 습격 때문에 곳곳에서 연기가 피어오르고 있다. 화재가 발생되었던 모양이다.

그런데 도로시의 침묵은 그리 길지 않았다.

'폐하! 긴급 상황 발생이에요.'

'긴급 뭐라고……? 뭔데?'

'지금 삼협[15] 댐이 붕괴되려고 해요.'

'삼협……? 그거 장강[16] 중간에 만들어진 댐이지?'

'네! 현존 최대 규모의… 댐이었지요.'

'…었지요? 그럼 방금 무너진 거야?'

도로시는 논리적이다. 그렇기에 단숨에 알아차린 것이다.

'네! 붕괴가 시작되었어요. 아! 거의 다… 무너졌어요.'

'원인은……? 지진인가?'

---

15) 삼협(三峽): 지나 장강 상류 구당협(瞿塘峽). 무협(巫峽)·서릉협(西陵峽)을 통틀어 부르는 말
16) 장강(長江): 양자강(揚子江)의 옛 명칭. 길이 6,300㎞

이 댐을 만드는 데 들어간 콘크리트의 양만 2,800만㎥이다. 2m 높이로 담을 쌓는다면 적도를 한 바퀴 둘러쌀 양이다.

허접의 대명사인 지나에서 만든 것이지만 절대적인 콘크리트 양이 있으니 탄탄할 것이다.

이런 구조물은 쉽게 붕괴되지 않는다.

하지만 지진이라면 다르다.

기초가 있는 지반을 뒤흔드는 것이니 작은 지진이라도 리듬만 맞으면 거대 구조체라도 붕괴를 야기할 수 있다.

1850년에 프랑스에서 발생한 앙제 다리(Angers Bridge) 사고를 예로 들 수 있다.

478명의 군인들이 일제히 발을 맞추며 다리를 걸어가자 공명(共鳴)이 일어나 다리가 무너져 버렸다.

이 사고로 226명의 군인들이 사망하였다.

이보다 빠른 1831년엔 영국 맨체스터에서 군인들의 행진에 의해 다리가 붕괴되는 사고가 있었다.

발맞추어 행진하지 않고, 무질서하게 걸어갔다면 공명현상이 발생하지 않아 무너지지 않았을 것이다.

한국에서도 유사한 일이 있었다.

2011년 7월 5일, 서울 광진구에 위치한 강변 테크노마트 빌딩이 심하게 흔들리는 일이 발생하였다.

39층짜리 빌딩이 흔들린 이유는 12층에 있던 피트니스 센터 때문이다.

수강생 23명이 강사의 구령에 맞추어 태보[17]를 하면서 발을 구르는 동작을 반복하였다.

이때 발생한 진동수가 건물의 고유 수직진동수와 일치하면서 공명현상이 발생하였다. 겨우 23명의 몸짓이 39층짜리 건물을 흔들어버린 것이다.

그러니 작은 지진이라도 댐을 붕괴시킬 수 있는 것이다.

'아뇨! 지진은 아니고요. 많은 양의 비가 지속적으로 내려서 저수량이 맥시멈에 이른 데다 땅속으로 스며든 물이 지반을 연약하게 만들어서 발생된 거예요.'

'그래? 근데 그걸 왜 내게 보고해?'

현수는 본인이 내린 지시가 거두어지지 않아 지나 전역이 때 아닌 폭우로 몸살을 앓고 있음을 짐작하지 못했다.

지나는 현수의 관심사가 아닌 때문이다.

지나가 실전 배치하였거나 모처에 은닉해두었던 핵무기들은 이미 무용지물이 된 상태이고, 수력이든, 화력이든, 원자력이든 발전소란 발전소는 전부 가동되지 않는 국가이다.

아울러 재래식 무기체계도 모두 엉망이 되었다.

장갑차와 전차 및 군용트럭들은 몽땅 수렁 같은 진흙 속에 파묻혀 있고, 도로는 거의 전부 유실된 상태이다.

뿐만 아니라 활주로가 망가져 전투기 이착륙이 불가능하고, 미사일이 있어도 발사 버튼이 작동되지 않는다.

---

17) 태보(Tae Bo): 태권도와 복싱, 에어로빅을 합쳐 만든 운동

잠수함과 군함은 조종 장치대로 움직이지 않는다. 하여 일부는 이미 바닷속에 수장된 상태이다.

인민해방군은 수해를 극복하려는 장소에 투입되었다가 축차 소모되어 인원수가 대폭 줄어들었다.

대부분이 수렁이나 물에 빠져 죽거나, 붕괴되는 건물에 깔려서 죽었다. 때 이른 추위 때문에 동사(凍死)했거나, 식량이 없어 아사(餓死)한 인원도 꽤 많다.

지나는 현재 군사력의 95%가 사라진 상태이다. 그나마 5%가 남은 건 남부지역 일부는 아직 멀쩡한 때문이다.

어쨌거나 지나는 인구만 많을 뿐 거의 청나라 시절로 돌아간 국가이다. 그렇기에 아예 관심에서 지워 버렸던 것이다.

'삼협댐 붕괴로 인한 사상자를 예측해 보았어요.'

'그래? 얼마나 돼? 많아?'

삼협댐은 길이 2,309m이고, 높이 185m이다.

범람 직전까지의 저수량은 614억 5,000만㎥로 100년 만의 홍수라도 능히 방어할 수 있다고 자랑하였다.

*   *   *

그런데 백만 년이 지나도 일어나지 않을 강수량이 기록되었다. 하루에 1년치 비가 매일매일 내렸던 것이다.

댐의 붕괴를 우려한 지나 정부는 총력을 기울여 물길을 텄다. 모든 발전소가 멈춘 상태라 동력을 이용할 수 없었으므로 삽과 곡괭이가 총동원되었다.

하지만 하늘에 구멍이라도 뚫린 듯 하루 종일 쏟아지는 빗줄기는 멈추지 않았다. 그 결과 댐이 붕괴되었다.

괜한 애만 쓴 셈이다.

삼협댐 수계(水界)의 인구는 약 4억 명으로 추산된다. 댐이 붕괴될 경우 직접적인 피해를 입을 인원이다.

그런데 붕괴된 사실을 알릴 방법이 없다.

도로는 유실되었고, 전기는 사용할 수 없는 상황이라 전화도 되지 않고, 인터넷 역시 불가능하다.

과거라면 말이라도 타겠지만 지금은 말이 없다.

따라서 누군가 뛰어가면서 알리는 수밖에 없다. 그런데 어찌 홍수의 무지막지한 속도를 따라잡을 수 있겠는가!

세계기록 보유자인 우사인 볼트가 100m 간격으로 서 있다가 계주를 해도 쏟아지는 물의 속도를 능가할 수 없다.

문제는 하류지역에 머물고 있는 사람 수가 크게 늘어났다는 것이다.

가을로 접어들면서 기온이 큰 폭으로 내려갔다.

북경의 10월 최저기온 평균은 7.3°C이다. 그런데 올해는 이상기온 현상이 빚어졌다. 내내 내린 비 때문이다.

하여 최저기온 평균이 1.2°C로 뚝 떨어졌다.

예년보다 무려 6.1°C나 낮다. 이보다 북쪽인 흑룡강성, 길림성, 내몽골자치구 등은 아예 영하로 떨어졌다.

그런데 땔감인 석탄이 모두 젖어서 난방을 할 수 없다.

영하의 기온은 축축한 이불을 덮고 자기엔 너무나 춥다. 그리고 곧 엄동설한이 다가올 예정이다.

하여 거처를 버리고 하나둘 떠났다. 조금이라도 따뜻한 곳을 찾아 남하하기 시작한 것이다.

흑룡강성 3,700만, 길림성 2,600만, 요녕성 4,200만, 청해성 5,100만, 하북성 6,700만, 내몽골자치구 2,100만, 위구르 자치구 1,900만, 연변 조선족 자치구 200만 명이 일제히 남하했다. 이는 각 성 인구의 95% 이상이다.

이밖에 산서성 등에서도 많은 인원이 움직였다.

약 2억 8,000만 명이 집을 떠나 유랑길에 나선 것이다.

워낙 인구가 많았기에 아직 남아 있는 인원도 적지 않지만 이들은 쫄쫄 굶은 채 추위 때문에 오들오들 떨고 있다.

조만간 굶어 죽거나 얼어 죽을 일만 남았다.

어쨌거나 수재민들의 대이동이 시작되었고, 이들이 멈춘 곳은 장강 변에 위치한 무한과 남경 일대이다.

강을 통한 운송이 가능하여 식량 구하기가 비교적 용이했고, 지친 몸을 쉬게 하려는 의도였다.

그리고 이곳은 비교적 따뜻했다.

남경은 제주도보다 남쪽에 위치해 있다.

하여 이곳의 10월의 최고기온 평균은 22.3℃이고, 최저기온 평균은 12.7℃이다.

영하로 떨어지기 일보 직전에 놓인 북경보다는 훨씬 쾌적하고 따뜻하다.

그렇기에 수재민들의 발걸음이 일단 멈추는 것이다.

이들은 식수를 구하기 쉬운 강변에 임시 난민촌을 만들었다. 그러고는 식량 구하기에 나선다.

위안화는 쓰레기가 된 지 오래이다. 하여 금붙이와 은붙이, 그리고 보석이 화폐 기능을 맡고 있다.

식량은 한정되어 있는데 구하려는 사람들은 넘쳐났다. 하여 곳곳에서 파열음이 발생되고 있었다.

살인, 강도, 강간, 약탈, 강탈, 폭행 등이 여기저기서 벌어지기 시작한 것이다. 그래도 식량 구하는 게 쉽지 않자 급기야 식인 풍습이 되살아났다.

인육(人肉)은 곡식보다 구하기 쉬운 식재료이다. 그리고 아이와 여자 고기는 질기지 않아서 먹기 좋다.

잔뜩 겁을 주면 벌벌 떨며 눈물을 질질 흘린다. 이때 냅다 후려갈기면 신선한 고기가 생긴다.

하여 여기저기서 비명이 터져 나오고 있다. 그럴 때마다 사람들이 모여들었다. 고기를 얻기 위함이다.

눈 뜨고 볼 수 없는 참혹한 야만의 시대가 도래했다.

이 와중에 장강 상류의 삼협댐이 붕괴되어 버렸다.

거센 물결은 거치적거리는 모든 것을 휩쓸어버리며 맹렬한 속도로 쏟아져 내려가는 중이다.

지나의 이상기후 현상을 연구하기 위해 위성으로 들여다보고 있던 미국 등에선 삼협댐 붕괴를 즉각 보도하였다.

하여 지나인들이 퍼져 있는 외국에선 난리가 났는데 정작 현지만 이러한 사실을 모르고 있다.

전기, 전화, 인터넷, 교통수단이 모두 불통인 때문이다.

"오늘은 저년들이다. 어때? 괜찮지?"

"흐음! 조금 마르긴 했지만 즐기는 건 괜찮을 거 같아."

"흐흐흐! 맛있게 생겼네."

"그러게 아주 깔쌈해! 그니까 내가 먼저다."

이곳은 호북성 무한시에 있는 장강대교 아래에 조성된 난민촌 중 한 곳이다. 그리고 사내들의 시선을 받고 있는 두 여인은 늘씬한 교구의 미녀들이다.

이곳의 동쪽엔 등왕각, 악양루와 더불어 지나의 3대 누각 중 하나인 황학루가 자리 잡고 있다. 그 인근엔 '산해혁명 무장봉기 기념관'과 '산해혁명 박물관' 등이 있다.

지금은 난민들에 의해 점령당해 더럽혀지는 중이다.

인육을 얻기 위한 살인이 곳곳에서 자행되고 있으며, 화장실이 너무도 부족한 때문이다.

아무튼 음흉한 사내들의 시선 속의 두 여인은 북경에서 이곳까지 먼 길을 걸어온 자매이다.

‘타임즈 고등교육’이 발표한 세계대학 순위 35위인 청화대학교에서 재료공학과 산업공학을 전공하는 재원들이다.

　참고로, 대한민국의 서울대학교는 72위에 랭크되어 있다.

　언니는 4학년, 동생은 2학년인데 너무 추워서 고향인 항주로 가기 위해 움직이던 중이다.

　자매가 항주로 직행하지 못하고 이곳까지 흘러온 것은 유실된 도로와 폭도들 때문이다.

　길이 없어지면서 갈 수 없는 곳이 많아졌고, 곳곳에 마적 비슷한 불한당들이 포진해 있어 삥 둘러가게 된 것이다.

　돈은 있으나 쓸모가 없고, 변변한 교통수단도 없어 북경에서부터 이곳까지 오는 동안 몹시 지쳤다.

　배도 고팠지만 타고난 미모는 감출 수 없다. 살만 조금 빠졌을 뿐 여전히 예뻤던 것이다.

　둘은 미구에 닥칠 엄청난 사태를 전혀 짐작도 못 하기에 장난을 치면서 씻고 있다. 그러는 사이에 사내들이 슬며시 접근하여 포진했다. 도주로를 차단한 형국이다.

　“어이! 예쁜이들.”

　걸쭉한 음성이 들리자 자매는 고개를 들었다.

　“네? 우리요?”

　“오! 예쁜데? 맛이 있겠어.”

　누군가 중얼거릴 때 사내의 말이 이어진다.

　“그래! 거기서 뭐 해?”

"흥! 신경 끊어요."

두 여인은 북경에서 이곳까지 오는 동안 집적대는 사내들을 여러 번 만났다.

한결같이 어떻게 한번 해보려는 수작을 부렸음은 당연하다. 그렇기에 냉랭한 표정으로 시선을 돌렸다.

"어쭈……? 감히 내 말을 씹어?"

"계집애들이 간이 배 밖으로 나온 모양이군."

"그러게! 좋게 말할 때 말을 잘 들었으면 좀 좋아?"

"흐흐흐! 고년들 참 맛있게 생겼다. 흐흐흐!"

"벗겨놓으면 속살이 야들야들하겠지?"

사내들이 음흉한 표정으로 다가서자 자매는 얼른 벗어났던 신발을 신는다. 두 눈엔 경멸의 빛이 역력하다.

"꼴에 불알달린 사내새끼들이라고 껄떡대긴…! 니들은 우리가 누군지 알아?"

자매 중 나이가 든 쪽이 한 말이다.

"그러게 누굴까? 내 눈엔 맛있어 보이기만 한데."

"크흐흐! 날로 삼켜도 비리지 않을 거 같아. 쓰으읍—!"

사내들의 음흉한 시선을 받은 언니가 서릿발 같은 표정을 지으며 입을 연다.

"우리 아빠가 바로 항주시 기율검사야. 기율검사! 항주독사(杭州毒蛇) 득호량이라는 이름 못 들어봤어?"

언니의 말에 사내가 고개를 갸웃거린다.

"항주독사? 아빠가 뱀이야?"

"크크! 그러게. 근데 득호량……? 니들 혹시 누군지 알아?"

"항주시 기율검사라잖아. 근데 알게 뭐야. 안 그래?"

"그렇지! 요녕성 사람인 우린 그따위를 알지 못해."

"흐흐흐! 고년 참 맛있게 생겼다. 날로 삼켜도 비리지 않게. 스스로 몸을 씻었으니 이제 슬슬 잡아먹어 볼까?"

다가서는 사내들을 본 자매는 어릴 때부터 배웠던 가전무학의 기수식을 취했다.

현란한 발차기로 상대를 무력화시키는 무술이다.

"크흐흐! 재롱을 떨어보겠다고? 크크크!"

"그러게! 고분고분하게 하려면 잘 다져놓는 게 좋지?"

"고럼, 고럼! 잘 다져놔야 연하지."

사내들은 허리춤 뒤에 묶어놨던 몽둥이를 꺼내 들었다.

"비, 비켜! 이 나쁜 놈들아. 공안! 공안!"

동생이 앙칼진 반응을 보이며 공안을 불렀지만 현재 지나의 공권력은 무너진 상태이다.

"사람 살려요! 여기 강도 같은 놈들이 있어요."

이들은 강도 같은 놈이 아니다. 집단 강간에 이어 살인과 인육을 섭취할 짐승들이다.

하여 소리 높이 외쳤지만 아무도 나서지 않고 있다.

먼발치에서 구경하고 있는 것들은 고기 한 점 얻어먹을 수 있을까 싶은지 침을 흘리고 있다.

"크흐흐! 오랜만에 괜찮은 것들을 품을 수 있겠네."

"그다음엔 배가 부를 거고. 크크!"

사내들의 음흉 살벌한 시선을 받은 자매는 맹수 앞의 토끼처럼 오들오들 떨었다. 그러면서도 계속 소리를 질렀다.

겁먹었다는 것을 드러내지 않는 한편 도움의 손길을 요청하는 소리였다.

"가, 가까이 다가오지 마! 우리가 누군지 알아?"

"안다, 알아! 뱀 새끼 딸이라며?"

"크크크! 덮쳐!"

휙ㅡ! 퍼억! 픽! 퍼퍽!

사내들의 무자비한 몽둥이질이 시작되었다.

"으아악! 사, 사람 살려요."

거센 몽둥이질에 가전무학은 아무런 소용이 없었다. 그러기엔 중과부적이었던 때문이다. 자매는 비명을 지르며 몸을 웅크렸다. 조금이라도 통증을 줄이기 위함이다.

"크흐흐! 벗겨."

찌익! 찌이익ㅡ!

걸치고 있던 의복이 찢겨 나가자 이내 뽀얀 속살이 드러난다. 나올 곳은 나왔고, 들어갈 곳은 들어간 몸매이다.

"크흐흐! 크흐흐! 나는 이년!"

사내 하나가 동생의 머리채를 틀어쥐었다.

"아아악! 이거 놔!"

"시끄럽군. 난 이 계집을 맡지."

사내 둘이 자매의 교구를 끌어당길 때 뒤쪽으로부터 굉렬한 소리가 터져 나왔다.

콰쾅—! 콰콰쾅! 콰르르르르릉—! 콰콰쾅—!

"헉……! 뭐야?"

"으악! 저, 저거 뭐야?"

장강대교 상류 쪽에서 엄청난 물이 굽이쳐 쏟아져 오고 있었다. 굽어 있어 위쪽의 소리가 들리지 않았던 것이다.

"호, 홍수다! 홍수!"

"야! 튀어!"

사내들이 황급히 자리를 뜨려 했다. 하지만 그보다 빠른 것이 물살이다.

콰르르르르르릉—! 콰콰콰쾅—!

"으아악! 케엑!"

"아악! 사람 살려."

"어푸 어푸! 사람 살려요."

콰쾅! 콰콰콰쾅! 콰르르르르—!

방금 전까지 멀쩡하던 장강대교가 붕괴되면서 그 위를 통행하던 차들이 물속에 빠진다.

그러고는 쏜살보다도 빠른 속도로 쇄도했다.

콰—앙! 콰콰콰쾅—!

거센 물살은 모든 것을 붕괴시켰고, 휩쓸어갔다.

자매를 강간한 후 인육 파티를 벌이려던 사내들을 비롯한 수재민들 모두 이 물살에 휩쓸렸다. 항주독사 득호량의 장중주였던 자매 역시 물살에 휘말려 떠내려갔다.

　이런 식으로 삼협댐 수계에 거주하던 주민과 수재를 피해 남하하던 인원들 모두 손쓸 틈 없이 홍수에 휘말려 버렸다.

　성냥갑처럼 무너진 건물의 잔해도 함께 떠내려갔다.

　이제 황해는 수많은 시신이 둥둥 떠다니는 죽음의 바다가 될 것이다. 아울러 거의 모든 선박들이 수장(水葬)되어 다시는 불법조업을 할 수 없게 될 것이다.

　문제는 이번 홍수와 함께 휩쓸려온 쓰레기이다.

　염분 농도가 떨어지고 쓰레기가 난입된 바다는 물고기들이 서식하기에 그리 좋지 못하다. 따라서 당분간은 황해의 어획량이 대폭 감소하게 될 것이다.

　'이번 붕괴로 6억 명쯤 죽을 거예요.'

　지구 인구의 10분의 1쯤이 대번에 줄어든다는 뜻이다.

　'……!'

　'황해 염분 농도는 33‰(퍼밀)이었는데 28 이하로 떨어질 거예요. 남해는 34에서 31 정도로 낮아질 거고요.'

　어마어마한 민물이 바다로 유입되므로 바닷물이 희석된다는 뜻이다.

　'당분간은 서해의 어패류는 잡숫지 말 것을 권해요.'

바다로 쓸려 나간 시신이 많아질 것을 의미하는 말이다.

'그러지.'

지나의 인구가 14억 2,000만 명이었다면 단숨에 42.25%쯤 줄어 8억 2,000만 명 정도가 된다.

하지만 현수는 담담하게 고개만 끄덕일 뿐이다.

이미 벌어진 일이다. 그리고 현재는 어떠한 조치도 취할 수 없는 상황이라 그렇다.

Chapter 12

—

뭐라고? 진짜?

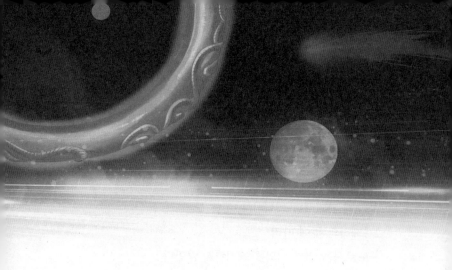

'근데 비 계속 내리도록 해요?'

그러고 보니 계속 비를 내리게 하라는 지시를 거두어들이지 않았다. 이번 붕괴는 현수가 내린 명령의 결과이다.

그렇다면 홍수로 죽은 이들은 영혼까지 소멸된다. '징벌하는 이'가 내린 명령의 결과인 때문이다.

하지만 현수의 표정엔 별다른 변화가 없다. 지나인에 대한 평가가 좋지 않기 때문이다.

"언제까지 그렇게 해요?'

강수 기준을 정해달라는 뜻이다.

'장강 이북 거주자 수가 1만 명 이하일 때까지.'

현수가 말하는 장강은 양자강을 뜻한다.

따라서 청해성, 감숙성, 산서성, 산동성, 하남성, 강소성, 하북성, 요녕성, 길림성, 흑룡강성, 내몽골, 호북성, 사천성, 안휘성과 서장, 신강 전역을 비우라는 뜻이다.

이곳은 시끄럽고, 더러우며, 후안무치한 한족(漢族)들이 너무 오래 차지했던 지역이다.

'폐하의 뜻에 따라!'

도로시는 전혀 이의를 제기하지 않았다.

방금의 지시에 따라 장강 이북지역 전체가 곤죽이 될 때까지 비가 내리도록 지시했을 뿐이다.

따라서 오늘도, 내일도 매일 1년치 강수량에 맞먹는 폭우가 쏟아질 것이다. 이상기후로 기온이 뚝 떨어진 북쪽에선 엄청난 양의 눈이 내리게 된다.

강수량이 1mm면 적설량은 10mm이다. 따라서 만약 하루에 3,000mm의 비가 내린다면 매일 30,000mm의 눈이 쌓인다.

다시 말해 매일 30m 높이의 눈이 쏟아진다.

아직 고향을 떠나지 않은 사람들은 결코 살아남지 못할 것이다. 눈 속에 파묻혀 질식사하게 될 것이기 때문이다.

장강 이북지역의 모든 건축물들은 붕괴된 후 곤죽이 된 지반(地盤) 아래로 내려가게 된다.

마치 인류가 살지 않았던 것처럼!

'근데 장강 이북도 영토로 하시려고요?'

'나중에 봐서. 당분간은 아냐.'

곤죽이 된 곳을 애써 개발할 이유가 없다. 돈만 많이 들 뿐이기 때문이다.

'알았어요. 언제든 말씀만 하세요.'

'그러지.'

도로시와의 대화가 끝날 때쯤 풀먼 호텔에 당도했다.

로비엔 이춘만 지사장이 내려와 있었다.

현수가 들어서자 깍듯이 머리를 숙인다. 상사를 맞이하는 회사원의 모습이다.

"어서 오십시오. 전무님!"

"네! 부장으로 승진하신 거 축하드려요."

"감사합니다. 전무님 덕이라 생각합니다."

이춘만은 허리를 깊숙이 숙였다. 현수 덕에 승진했음을 신형섭 사장이 이메일로 알렸던 것이다.

이메일은 현수를 잘 보좌하라는 뜻에서의 승진이니 잘 보필하고, 배전(倍前)의 노력을 당부한다는 말로 끝맺었다.

"네! 너무 오래 과장에 머무셨다 들었습니다."

본인의 입김이 있었음을 감추지 않았다. 그래야 더 열심히 일을 해줄 것임을 알기 때문이다.

"그래도 두 계급 승진은 과분합니다."

"일을 열심히 해달라는 뜻으로 받아주세요."

"네! 최선을 다하겠습니다."

이춘만 부장은 호텔 3층에 마련된 천지건설 킨샤사 지사로 안내했다. 세미나실 용도로 쓰던 곳을 장기 임차해 사무실로 개조해서 조금 엉성해 보인다.

이곳의 인테리어 수준이 아직 낮기 때문이다.

이외에도 두 개의 객실을 추가로 임차했다.

하나는 본인이 사용하고, 다른 하나는 마투바와 동생들이 사용할 용도이다.

그러고 보니 마투바의 복장도 달라져 있다.

전에는 허름한 원주민 복장이었는데 지금은 천지건설 여직 원 유니폼을 걸치고 있다.

치수가 딱 맞아서 그런지 한결 보기 좋은 모습이다.

세련된 한국식 화장술을 배우고, 헤어스타일을 바꾸면 흑 인 미녀 소리를 충분히 들을 만했다.

마투바는 이춘만으로부터 교육을 단단히 받았는지 공손히 허리 숙여 환영을 표했다.

지사 사무실은 네 개의 룸으로 꾸며져 있다. 지사장실과 전 무이사실, 탕비실, 그리고 접견실 겸 회의실이다.

전무이사실엔 책상과 소파, 옷장이 갖춰져 있다. 벽에는 킨 샤사 시내 지도와 콩고민주공화국 전도가 걸려 있다.

현수가 앉자 지윤과 이춘만 지사장이 다이어리를 펼쳐 든 다. 마투바는 음료수를 내왔다.

계약이 성사되면 본사로부터 상당히 많은 인원이 파견될 예정이다. 잉가댐 건설공사뿐만 아니라 조차지 개발공사에도 참여할 것이므로 상당히 많은 인원이 필요한 때문이다.

이를 위해 곰베 지역 외곽의 공터 150,000여 평을 매수하라는 지시를 내렸다.

참고로, 서울에서 가장 규모가 큰 아파트 단지는 송파구 가락동에 조성 중인 헬리오시티로 12만 2,750평 정도이다.

84개 동이 지어지고 있으며, 총 9,510가구가 입주한다.

이는 여의도 공원의 약 1.8배에 해당하는 규모이다.

북쪽엔 폭 1.7km인 콩고강이 유유히 흐르고 있고, 동쪽과 남쪽엔 고급 주택단지가 들어서 있는 공터이다.

도로 건너편 서쪽은 농토가 조성되어 있다.

여긴 현수가 소유한 5성급 풀먼 호텔로부터는 남동쪽으로 약 3km 정도 떨어진 곳이다.

이곳은 난공불락인 요새처럼 지어질 것이다.

어제처럼 외부로부터의 습격을 고려해야 할 정도로 치안이 좋지 않은 때문이다.

웬만하면 오르지 못할 높이의 자연친화적 담장이 둘러지고, 곳곳에 녹음 기능이 있는 CCTV가 설치될 것이다.

허술해 보여도 총탄은 물론이고, 유탄발사기나 RPG—7 같은 대전차 무기가 사용되어도 충분히 버틸 담장이다.

안쪽엔 여러 동의 사무용 및 레지던스용 빌딩들이 들어서고, 수영장, 당구장, 탁구장, 사우나, 세탁소, 이발소, 미장원 등 각종 근린시설도 들어선다.

입구에는 단지 내 마트가 설치된다. 가칭 '천지마트'이다.

이게 있음으로 해서 외부습격으로 인한 고립상황이 되더라도 충분히 버틸 수 있게 될 것이다.

그리고 단지 입구에 설치되는 가장 큰 이유는 외부인의 접근 편이를 위해서이다.

천지마트에선 한국에서 가져온 의류, 문구류 및 각종 생필품과 식품, 화장품, 가전제품, 공구 등을 취급하는데 평상시엔 외부인 사용을 제한하지 않는다.

천지건설과 협력사 임직원과 그 가족뿐만 아니라 콩고민주공화국 국민이라면 누구라도 출입할 수 있는 것이다.

영업시간은 오전 10시부터 밤 12시까지이다. 그리고 매주 월요일은 쉰다.

값 싸고, 질 좋은 물건을 판매하게 될 것이니 보나마나 엄청난 인파가 몰릴 것이다.

하여 당분간은 지방 도시에 대형마트가 처음 문을 열었을 때 같은 문전성시가 이어질 것이다.

편안한 쇼핑이 되도록 한국의 웬만한 마트 두어 개가 합쳐진 규모가 될 것이다.

참고로, 홈플러스 매장 중 가장 넓은 것은 서울 강서점으로 영업 면적이 1만 7,925평이다. 지하 1층, 지상 5층 규모이다.

킨샤사 천지마트는 이보다 훨씬 넓은 4만 5,000평 규모가 될 것이다. 참고로, 주차장 면적은 제외이다.

생필품과 식량 이외에 비교적 넓은 면적이 요구되는 자동차와 가구 등도 취급할 것이기 때문이다.

치과, 이비인후과, 비뇨기과, 정형외과, 피부과, 산부인과, 성형외과, 내과, 대장항문과 등 각종 병 · 의원도 들어선다.

아울러 문화센터도 개설된다.

피아노, 바이올린, 첼로, 트럼펫, 색소폰 등 여러 악기를 배우는 강좌가 개설되고, 수영 강습도 받을 수 있다.

뿐만 아니라 요가, 필라테스 등도 배울 수 있다. 체력단련을 위한 헬스클럽도 당연히 들어선다.

이밖에 각국 요리나 외국어도 배울 수 있으며, 그림을 그리거나, 노래를 부르고, 꽃꽂이도 익힐 수 있게 될 것이다.

쇼핑 온 부모들을 위해 아이들을 돌보는 공간도 생기고, 놀이기구로 꽉 찬 정글짐도 만들어진다.

후진국이긴 하지만 모두가 무식하고, 모두가 가난하며, 모두가 몰상식하진 않으니 일단 갖출 건 갖추려는 것이다.

발생된 쓰레기들은 재활용을 위해 철저한 분리수거가 될 예정이다. 단지 내에 재활용 공장을 설립하긴 어렵겠지만 적어도 킨샤사 주민들을 계도(啓導)[18] 하기엔 충분할 것이다.

이것들은 추후 조성될 재활용공장을 거쳐 생활에 필요한

---

18) 계도(啓導): 남을 깨치어 이끌어줌

다양한 물건으로 탈바꿈하게 될 것이다.

생활하수와 분뇨는 콩고강의 수질을 오염시키지 않을 정도로 충분히 정화한 후에 배출된다.

대한민국의 오 · 폐수 및 하수종말처리장의 처리보다 훨씬 엄격한 기준을 넘겨야 방류될 것이다.

이를 위해 미래의 발달된 기술이 적용될 예정이다. 하여 콩고강의 수질 개선에도 약간은 도움이 될 것이다.

이렇게 하면 누구든, 무엇 하나 꼬투리를 잡을 수 없다.

지윤과 이춘만은 열심히 메모했다. 다양한 지시사항을 모두 받아 적으려니 팔이 저린 모양이다.

잠시 둘을 지켜보던 현수가 입을 열었다.

'도로시 들었지? 살기 괜찮게 설계해.'

'넵! 알았어요.'

'치안이 불안하다는 거 잊지 말고, 언제든 콩고강이 범람할 수 있다는 것도 충분히 감안한 설계여야 해.'

'걱정 마세요. 최악의 홍수까지 감안할 테니까요.'

반군들이 또 공격할 수 있고, 홍수는 언제든지 일어날 수 있는 일이다. 따라서 문제 발생 시 외부의 도움을 받을 수 있을 때까지 자력으로 버틸 수 있어야 한다.

생필품과 식량은 천지마트가 있으니 충분히 해결된다. 그리고 식수는 지하수를 개발할 것이니 문제 되지 않는다.

'한국의 건축법보다 엄격한 수준으로 설계해. 그리고 그거

끝나면 곧바로 건축허가 신청을 하고.'

'넵! 걱정 붙들어 매세요.'

이곳은 콩고민주공화국에서 발주하게 될 각종공사를 총괄하는 지휘소로 사용될 것이다.

천지건설 킨샤사 본부쯤 된다. 준공되면 이춘만은 지사장에서 본부장으로 또 한 번 승진하게 될 것이다.

조차지에도 비슷한 용도의 건물들이 건립된다. 이곳과 다른 점은 사무용과 숙소용 건물이 리조트 같을 것이라는 것이다.

조차지 복판에는 크고 작은 호수들이 있다.

그중 가장 큰 것은 마이은돔베 호(湖)이다.

크고 작은 호수들의 수계면적 합은 약 2,300㎢에 달한다. 제주도와 광주광역시 전체면적을 합친 정도이다.

인천광역시의 2배가 넘는 면적이며, 서울, 부산, 대구, 대전을 합친 것보다 약간 작다.

이 호수들은 조차지 중심부에 있어 마이은돔베주 전역에서 각종공사가 벌어질 것이므로 지휘소의 입지로 가장 적합하다.

이곳은 미개발지가 많으며, 경관이 뛰어나다.

아울러 면적이 넓다. 그러므로 고층 빌딩보다는 리조트 단지가 훨씬 더 자연친화적이다.

그러면 거주뿐 아니라 휴식의 의미가 더해지게 될 것이다.

이춘만 부장은 내용을 정리하여 본사에 알려야 한다. 하여 잠시 눈치를 살핀다. 추가사항이 더 있을까 싶은 것이다.

"어때요?"

"괜찮은 거 같습니다."

느닷없이 들은 말이니 이런 대답이 당연하다.

"좋아요! 그럼 매입을 진행하세요."

이춘만은 크게 고개를 끄덕인다.

"네! 즉시 접촉하겠습니다."

"지을 건물 설계는 제가 맡을게요."

"네? 아, 알겠습니다."

천지건설은 아직 킨샤사, 특히 곰베지역의 건축법과 도시계 획법을 모른다. 그리고 한국 건축사면허가 통용되지 않는다.

따라서 이곳 현지의 건축사에게 설계를 맡긴다는 뜻으로 이해한 것이다.

"그나저나 본사에서 잉가댐 견적서 안 왔어요?"

"아! 그거 왔습니다. 받아서 싹 다 인쇄해 놨습니다."

지사장이 내놓은 견적서는 제법 두툼했다.

표지엔 다음과 같이 쓰여 있다.

《 잉가댐 및 수력발전소 신축공사 》

Request for Quotation

$\sum\limits_{k=1}^{\infty} k$ **Cheon Ji Construction Corp.**

표지를 넘겨 견적 금액을 확인해 보니 39억 8,500만 달러이다. 한화로 4조 6,853억 6,375만 원이다.

당연히 견적서가 두꺼울 수밖에 없다.

현수가 견적 내용을 살피는 동안 도로시는 본사에서 보낸 이메일 내용을 확인했다.

견적에 오류가 있는지 여부를 찾아본 것이다.

여러 번 반복해서 검토한 결과 사소한 실수는 있지만 큰 영향은 없다는 결론을 현수에게 알렸다.

검토를 마친 현수는 가에탄 카구지에게 전화를 걸었다.

*   *   *

"장관님! 하인스 킴입니다."

이춘만 지사장은 권력 실세인 내무장관과 직통으로 통화하는 현수를 보며 침을 꿀꺽 삼킨다.

세계에서 가장 가난한 나라라 할 수 있으니 39억 8,500만 달러라고 하면 어떤 반응일지 조마조마한 것이다.

ー네! 말씀하십시오.

가에탄 카구지 장관은 아까와 달리 말을 높인다. 조차가 결정된 이상 국가원수급 대우를 하겠다는 뜻이다.

12만 8,000㎢는 국토면적 순위 98위인 니카라과보다는 작지만, 북한보다는 넓다.

그리고 대한민국 보다는 1.3배 가량 크다.

참고로, 한국의 국토 면적 순위는 109위이다. 그리고 북한과 남한 사이엔 다음과 같은 나라들이 있다.

98위	니카라과	130,370km²
99위	북한	123,138km²
100위	말라위	118,484km²
101위	에리트레아	117,600km²
102위	베냉	112,622km²
103위	온두라스	112,090km²
104위	라이베리아	111,369km²
105위	불가리아	110,879km²
106위	쿠바	110,860km²
107위	과테말라	108,889km²
108위	아이슬란드	103,000km²
109위	대한민국	99,720km²

대한민국보다도 영토가 작은 포르투갈, 오스트리아, 네덜란드, 벨기에 등의 수반을 대할 때에도 정중해야 하니 현수 또한 이렇게 대함이 옳다.

"천지건설 본사로부터 잉가댐 및 수력발전소 건설공사에 관한 견적서가 당도했습니다. 언제 찾아뵐까요?"

─아! 그런가요? 먼저 총액이 얼마인지 알려주실 수 있죠?

"그럼요! 총 견적가는 39억 8,500만 달러입니다."

—흐음……! 좋군요.

잠시 말을 끊었던 가에탄 카구지였다. 짧은 시간 동안 무엇을 생각했는지는 알 수 없다.

—견적서는 언제든 편할 때 전해주시고, 본사에는 그 금액으로 계약하겠다고 전해주십시오.

가에탄 카구지는 흔쾌했다.

"공사 품질에 대해선 불만이 없으실 겁니다."

—그래야죠! 많이 기대하겠습니다.

"그 기대에 부응할 겁니다. 계약서는 바로 준비하겠습니다."

—그래요! 언제든 다 되면 말씀하세요.

사인할 준비가 되었다는 뜻이다.

"네! 감사합니다. 그전에 정부 계좌번호를 알려주십시오."

—네? 우리 정부 계좌번호요? 그건 왜……?

공사에 대한 계약금은 콩고민주공화국 정부가 지불해야 하니 의아한 것이다.

"제게 조차지를 주겠다 하셨으니 협정서 사인에 앞서 약간의 증거금을 예치하려고요."

—아! 그건… 협정서 사인 후에 보내셔도 됩니다. 하하!

주면 당연히 고맙지만 아직 서류에 점 하나도 안 찍었기에 하는 말이다. 그러면서도 좋아하기는 한다.

현수를 만났을 때 티를 내지 않으려 엄청 노력했다.

어제 있었던 반군들의 습격으로 혹시 마음이 변했으면 어쩌나 했던 것이다.

그런데 증거금이 들어오면 빼도 박도 못 하게 된다.

반군들이 또 습격을 해와도 더 이상 마음 졸이지 않아도 된다는 뜻이다.

"아닙니다. 도와주신 장관님과 대통령님의 체면도 있고 하니 50%인 15억 달러를 먼저 보내 드리겠습니다."

—네? 어, 얼마요? 시, 십오 억 달러나요?

몹시 놀란 듯 말까지 더듬는다.

콩고민주공화국의 실세 장관이지만 15억 달러는 엄청나게 큰돈이기 때문이다.

하긴, 한화로 1조 7,636억 2,500만 원이니 한국의 대기업 총수들에게도 큰돈이긴 마찬가지일 것이다.

증거금이라 해서 5~10% 정도를 예상했는데 너무 크다. 그래서 그런지 장관은 잠시 말을 잇지 못하고 있었다.

"그래야 야당이나 국민들도 납득하지 않겠습니까?"

이것까지 생각한 금액이었던 것이다.

—아⋯⋯! 그, 그래⋯ 주시면 고맙지요. 알겠습니다. 계좌번호 확인 후 연락드리지요.

통화를 마치고 10분이 지나기 전에 계좌번호가 당도했다. 콩고민주공화국 중앙은행 계좌번호이다.

도로시로 하여금 15억 달러를 송금케 하였다. 그리고 얼마 지나지 않아 조제프 카빌라 대통령으로부터 감사의 인사가 전해졌다. 물론 그 내용은 모두 녹음되었다.

2016년 10월 11일에 일어난 일이다.

현수가 콩고민주공화국 영토 중 12만 8,000㎢를 200년간 조차하는 일은 이제 번복할 수 없는 일이 된 것이다.

조차지 제공에 관한 뉴스는 현수가 원하는 시기에 발표하기로 약속하고 전화를 끊었다.

쓸데없는 잡음 발생을 차단하기 위한 조치이다.

*   *   *

"조인경 부장?"

걸려온 번호를 확인하는지 잠시 텀(Term)이 있다.

—네! 전무님이세요?

"그래, 나야. 잘 있지?"

—네, 저야 그렇죠. 근데 지금 어디세요? 귀국하셨어요?

"아니! 아직 킨샤사에 있어."

—정말요? 근데 꽤, 괜찮으세요?

조인경의 음성은 약간 떨리고 있었다.

"응? 괜찮냐니? 무슨 말이야?"

—거기 전쟁 벌어졌다면서요? 정말 괜찮으신 거예요?

인경의 음성에는 걱정이 한가득 담겨 있었다.

—그럼! 나는 멀쩡하니 걱정하지 마. 그나저나 어디야?"

—여기요? 회사예요."

킨샤사엔 아프리카 정상회담이 열리고 있으니 각국 언론인들도 잔뜩 들어와 있다.

그중엔 아프리카에서 대체 무슨 일이 벌어지는가 싶어 확인차 입국했던 BBC와 CNN 기자도 포함되어 있다.

이들에 의해 어제의 일이 전 세계로 보도되었다.

킨샤사 곳곳, 특히 곰베 지역 거의 전역에서 총탄이 빗발치듯했고, 수류탄과 유탄 또한 수없이 폭발했다.

격전이 벌어졌던 곳의 자동차들은 상당수가 불에 타거나 못쓰게 되었고, 인근 건물 유리창들은 몽땅 깨졌으며, 부서지거나 붕괴된 건물들도 많다.

화재가 나서 홀랑 타버린 것도 제법 많다. 불과 몇 시간 만에 킨샤사 곳곳이 개판이 되어버린 것이다.

전투가 벌어지는 동안 CNN과 BBC 기자들은 종군기자인 양 곧바로 생중계를 하였다.

아프리카엔 UN이 인정한 국가가 54개나 있고, 이들 국가의 수반 대부분이 킨샤사에 머무는 중이다.

이 와중에 반군들의 급습이 시도되었고, 정부군 및 킨샤사 경찰은 필사의 저항을 했다. 전투에서 지면 참수당하게 된다는 걸 너무도 잘 알기 때문이다.

그런데 적이 너무 많았다.

방어는 20명 정도가 하고, 공격은 200명 이상이 가하고 있으니 1 : 10인 전투가 곳곳에서 벌어졌다.

게다가 방어는 소총과 권총뿐이었지만 반군들은 수류탄과 유탄발사기, 박격포, 대전차 화기 등으로 무장되어 있었다.

확연한 전력 열세였기에 현장을 중계하는 기자들이 나직한 탄식을 낼 정도로 일방적으로 밀리고 있었다.

신변에 위협을 느낀 각국 수뇌부들은 즉각 자국에 연락하였지만 시간이 문제였다.

강 건너 콩고공화국(Republic of the Congo)에서 호텔까지 오는 것보다 반군이 다가오는 시간이 훨씬 더 빠르다.

하여 객실 문을 걸어 잠근 채 촉각만 곤두세웠다.

같은 시각, 호텔 종업원들은 마음을 다지고 있었다. 정부군이 모두 죽으면 스스로 목숨을 끊으려는 것이다.

반군들은 결코 자비롭지 않으며, 편안히 죽는 것조차 쉽게 허용하지 않음을 알기 때문이다.

여종업원인 경우는 어떻게든 목숨을 부지하려 숨어 있다가 잡히면 틀림없이 강간이나 윤간을 당하게 될 것이다.

뿐만 아니라 정글도 같은 걸로 목을 칠 것이다.

단숨에 죽으면 차라리 낫다.

어설픈 칼질에 죽지 못하면 상처에 소금을 뿌리거나 오줌을 싸는 등의 일을 당하게 된다.

생각만 해도 끔찍하니 차라리 자살을 선택하려는 것이다.

그런데 모두가 그런 것이 아니다.

용감한 여인들은 사내들은 도와 전사한 경찰이나 군인이 사용하던 총으로 반군과 교전을 벌이기도 했다.

이를 악문 채 생애 처음으로 방아쇠를 당기는 여인들을 본 적이 있는가!

이들은 목숨이 걸린 것 이상으로 치열하게 싸웠다. 가족과 자식, 형제들의 안위와 직결되어 있는 때문이다.

이를 세계 각국에서 생중계로 지켜보았다.

호텔 내부에서만 촬영된 장면이기에 쓰러지는 것은 정부군 소속 병사 아니면 경찰, 또는 호텔 직원들이었다.

예를 들어, 멤링(Memling) 호텔은 40명의 정부군과 40명의 킨샤사 경찰이 경비 임무를 맡고 있었다.

참고로, 풀먼 호텔과는 차로 5분 거리에 있다.

이 호텔에 경비 병력이 많았던 이유는 나미비아와 앙골라, 그리고 모잠비크 대통령 일행이 머무는 때문이다.

아무튼 80명 중 61명이 전사했고, 13명은 중상, 4명은 경상 이다. 겨우 두 명만 멀쩡한 것이다.

호텔 직원 중 40여 명이 전투에 가담했는데 이들 중 28명 이 죽었고, 7명은 중경상을 입었다.

생중계된 영상에는 피를 흘리며 죽어가는 모습이 그대로 송출되었다. 열심히 방아쇠를 당기던 경찰의 머리를 총탄이 뚫고 가면서 뒤통수의 태반을 날려 버리는 광경 포함이다.

경찰들 곁에서 어설프게 방아쇠를 당기던 여인들은 반군이 발사한 유탄이 터지면서 시신조차 엉망이 되었다.

7~8m 후방에서 이를 촬영하던 CNN 기자는 카메라를 든 채 먹은 걸 다 토하는 소리까지 내보냈다.

한편, 반군들은 제대로 보이지도 않았다.

어딘가에 숨어서 총을 쏘고 있으니 보여도 신체의 일부만 잠시 보였을 뿐이다. 이들은 죽어도 확인 불가능했다.

밖으로 나가면 즉시 총알 세례로 벌집이 되는 때문이다.

어쨌거나 킨샤사 경찰과 호텔 종업원들은 중상자까지 이를 악물고 방아쇠를 당겼다.

뚫리면 가족들의 안위를 장담할 수 없기 때문이었을 것이다. 그러던 어느 순간, 반군들의 공격이 잦아들었다.

한참을 기다려도 너무 조용했다. 이에 기자는 혹시 반군들이 물러간 것은 아닌가 싶다며 조심스레 나가보았다.

그때 보았다.

길바닥에 즐비하게 자빠져 있는 반군들의 시체를!

혹시 몰라 한참을 기다렸다가 가까이 다가가 살펴보니 중상이나 경상 없이 전원 사망이다.

반군들이 물러나면서 부상자들을 다 데리고 간 것이 아니라면 몽땅 다 죽었다는 뜻이다.

아무튼 총소리가 완전히 잦아 든 것은 새벽 무렵이다. 이때

외곽에 주둔해 있던 병력들이 시내로 들어왔다.

연락을 받고 최대한 빨리 온다고 온 것인데 도로 사정이 열악한 데다 비까지 억수처럼 퍼부어 늦게 당도한 것이다.

참고로, 10월은 우기(雨期)의 시작이다.

뒤늦게 당도한 병력들은 밤새 전투를 치른 경찰과 정부군을 대신하여 반군 시체들을 수습하였다.

집계 결과 반군 사망자만 무려 1만 6,211명이고, 정부군과 경찰도 3,105명의 사상자가 발생되었다.

이밖에 상당수의 민간인들이 비명에 횡사했다. 이들의 숫자만 거의 2,000명이다. 민간인의 경우는 숫자가 확실치 않다.

어쨌거나 하룻밤 새에 거의 21,000명 이상이 유명을 달리했거나 병상에서 신음하게 된 것이다.

정부군 소속 병사와 킨샤사 경찰, 그리고 민간인들의 시신은 정중히 모셔갔지만 반군 시체들은 도로 한편에 나란히 늘어놓았다.

시체 1구의 폭이 60㎝ 정도니까 1만 6,211구를 늘어놓으면 거의 1㎞가 된다.

이렇게 조치한 이유는 시신을 보관할 마땅한 시설이 없어서이고, 국민과 외부에 보여주기 위함이다.

엄청난 수의 반군이 습격했지만 모조리 소탕하는 혁혁한 전과를 올렸다는 걸 알려야 불안감이 해소된다.

반군들이 무단으로 국경을 넘나드는 것을 단속하기 위한

아프리카 정상회담이 열리던 중이다.

하여 곧바로 아프리카 전역에 전투 결과가 알려졌다.

중무장한 반군 전원을 사살로 끝났다는 소식에 다른 국가들은 콩고민주공화국을 다시 보았다.

동부의 극렬 반군은 그곳에서 나는 지하자원을 팔아 무장을 한다. 하여 정부군 못지않거나 오히려 더 강력하다.

뉴스에선 사단급 병력이 습격했는데 이를 단순히 격퇴시킨 게 아니라 전멸시켰다고 발표했다.

그러면서 즐비하게 늘어놓은 반군 시체와 이들로부터 노획한 산더미 같은 무기들을 보여주었다.

이는 결코 쉽지 않은 일이다.

그렇기에 다른 국가들이 다시 본 것이다. 덕분에 콩고민주공화국의 국격이 올라갔다.

어쨌거나 반군 시체 중 113구는 이마 한복판에 구멍이 뚫렸고, 뒤통수의 절반이 날아갔다.

현수에 의해 저승행 특급열차를 탄 놈들의 시신이다.

징벌하는 이에 의한 처벌인지라 이들의 영혼도 그 즉시 말살되어 버렸을 것이다.

Chapter 13
—
철도는 어때요?

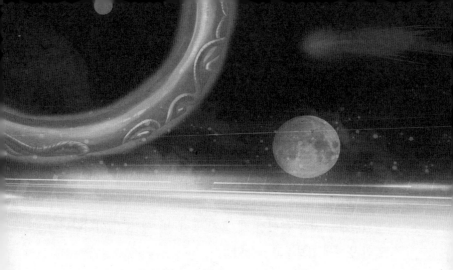

한국에도 CNN을 통해 이 같은 소식이 전해졌다.

대다수 국민들은 강 건너 불구경하듯 무심코 넘긴 뉴스였지만 조인경은 아니다.

현수와 지윤이 킨샤사에 있음을 알기 때문이다. 하여 전화를 걸어보았지만 받지 않았다.

이때는 교전 중인 상황이었다.

둘의 안위가 어떻게 되었는지 조금이라도 빨리 알아야겠기에 인경은 택시를 타고 회사로 출근했다.

E—GR을 복용한 후 사흘간 창문이란 창문은 다 열고 살았다. 견디기 힘든 역한 냄새 때문이다.

본인의 체내에 이토록 많고 독한 노폐물이 있었다는 사실에 치가 떨리는 기간이었다.

침대에 누워 있던 아버지는 밖에서 똥내보다 더한 악취가 풍긴다면서 대체 뭐냐고 물었다.

수시로 환자들의 대소변을 받아냈을 간병인 아주머니는 웬만한 냄새에 면역이 되어 있었을 것이다.

그럼에도 코를 틀어쥔 채 혹시 몸에 병 생긴 거 아니냐며 빨리 병원에 가보라고 하였다.

똥이나 오줌 냄새보다도 훨씬 역하다 하였다.

하여 욕조에 입욕제를 잔뜩 풀어놓고 그 안에 들어가 있었다. 그렇게 하면 조금 나아질 거 같아서이다.

덕분에 후각에 문제가 생겼다. 몸에서 나는 지독한 냄새와 더불어 입욕제의 진한 향 때문에 둔해진 것이다.

그러던 차에 뉴스를 접하게 되었다.

현수와 지윤이 전화를 받지 않자 킨샤사 지사에 전화를 걸었는데 그 또한 연결되지 않았다.

반군들의 공격에 의해 전화국에 화재가 난 때문이다.

마음이 급해진 인경은 급히 출근을 시도한 것이다.

아직 몸에서 꾸리꾸리한 냄새가 나는 것 같지만 그런 게 중요하지 않았다. 하여 향수를 잔뜩 뿌렸다.

회사에 당도하여 전무비서실 문을 열고 들어서자 이수린 과장과 이은정 사원의 시선이 집중되었다.

향내가 너무 진했던 탓이다.

조인경이 당도하기 5분쯤 전에 신형섭 사장 비서실로부터 전무이사실로 전화가 왔다.

혹시 들은 소식이 있나 싶어 연락한 것이다.

이 전화를 받았던 이은정은 메모를 건네곤 얼른 물러섰다.

너무나 독한 향수 냄새 때문이다. 하지만 인경은 이에 신경 쓰지 않고 곧장 사장실로 향했다.

신 사장도 지독한 향수 냄새에 이맛살을 찌푸렸다. 하지만 말은 하지 않았다. 뭔 사정이 있나 싶어서이다.

'으으, 냄새! 향수병을 엎었나?'

인경은 신 사장에게 현수 일행으로부터 연락이 있었느냐고 물으려 했다. 이때 현수로부터 전화가 걸려왔던 것이다.

—그럼 사장님과 통화할 수 있게 해줘.

"네! 잠시만요. 사장님 바꿔 드릴게요."

신 사장은 인경이 건넨 휴대폰을 받아 들었다.

"김 전무……? 날세."

본래는 킴 전무라 불러야 한다. 성이 킴이기 때문이다. 하지만 발음이 불편하다 하여 김 전무라 부르도록 했다.

—네, 사장님.

"그래, 수고가 많네."

—많이 바쁘시죠?

"그럼, 그럼! 아제르바이잔 공사 덕분에 당연히 바쁘지. 다 자네 덕이네. 하하하!"

―에고, 제 덕은요. 임직원 여러분들이 애쓰신 결과지요.

"그렇게 생각해 주니 고맙네. 그나저나 괜찮으신가? 거기 아주 시끄럽다는 뉴스가 있었네."

―네, 그랬지요. 어제 반군들이 공격했는데 모두 제압되었습니다. 그리고 저는 괜찮습니다.

"그럼, 같이 간 김지윤 부장도?"

―네, 김 부장도 이춘만 부장도 모두 괜찮습니다.

"아! 다행이네. 다행이야."

진실로 안도하는 기색이 느껴졌다. 얼마나 걱정했는지 짐작될 정도이다.

"그나저나 잉가댐 건설 공사 견적서 보냈는데 그거는 확인하셨나? 아! 정신없어서 아직 못 봤을 수도 있겠군."

―아뇨! 잘 받았고 내용 확인까지 다 했습니다.

"그래? 그럼 잘 좀 부탁하네. 알지……?"

현수가 없었다면 잉가댐 공사가 있는지조차 몰랐을 것이다.

설사 알았다 하더라도 콩고민주공화국 정부와 조금의 인맥도 없으니 견적서를 만들어보는 일조차 없었을 것이다.

게다가 40억 달러라는 마지노선까지 아는 일을 더더욱 없었을 것이다. 따라서 잉가댐 관련공사는 오로지 현수의 능력이 발휘되어야 성사될 수 있는 일이다.

신 사장은 이를 말하고 싶었던 모양이다.

이제 견적서가 콩고민주공화국 정부 관계자에게 넘어가면 면밀한 검토가 시작될 것이다.

결코 적은 금액이 아니니 시간이 제법 오래 걸릴 것이다.

아무리 빨라도 족히 한 달은 기다려야 할 것이고, 검토가 마쳐지면 가격 흥정으로 또 한 달쯤 지날 것이다.

중간 접점이 합의되면 그때부터는 계약서 내용 검토이다.

공사품질 및 공사기간과 관련되었으니 이 또한 족히 한 달은 걸릴 것으로 예상하고 있다.

─그거 결론 났습니다.

"뭐……? 벌써?"

킨샤사 시간으로 새벽에 견적서가 당도했다. 시차를 확인해 보니 지금은 점심 먹고 얼마 지나지 않았을 시각이다.

불과 몇 시간이 흐른 것이다. 그러니 화들짝 놀란다.

"그, 그럼 어떻게 되었는가?"

4조 원이 넘는 공사이다.

그런데 반나절도 지나지 않았는데 결론이 났다면 어쩌면 공사가 취소되었거나, 다른 업체로 결정되었을 수도 있다.

그럼, 돈 들여서 애만 쓴 결과가 된다.

그룹 총괄회장인 이연서는 이 공사에 크게 기대하고 있다.

아무런 연고도 없던 아프리카에 든든한 교두보가 만들어지는 것이나 다름없기 때문이다.

총괄회장의 의중이 이러니 설계실과 견적실 임직원들 모두 애를 많이 썼다. 날마다 야근을 했고, 주말도 반납한 채 온갖 노고를 아끼지 않았다.

신 사장 본인도 수시로 설계실과 견적실을 드나들며 방향을 제시했다. 그러는 내내 퇴근하지 않고 회사 내에 머물며 임직원들을 다독이는 시간을 보냈다.

신 사장을 포함한 임직원 여럿이 정말 무진 애를 쓴 것이다. 그래서 그런지 신 사장의 음성은 떨리고 있었다.

—그 공사 계약하기로 했습니다.

"뭐? 저, 정말인가? 네고도 않고?"

—네! 견적금액 그대로 계약해준답니다. 대신 공사품질에 각별히 신경 써야 한다는 거 잊지 마십시오.

"그, 그럼! 다, 당연하지. 당연해!"

신 사장은 이게 꿈인지 생시인지 가늠이 안 되는 듯 말을 더듬는다.

—계약서 검토는 국제 변호사에게 맡기셔야 합… 아! 제가 추천할 변호사가 있습니다.

"그래? 그럼 누군지 알려주시게. 아니, 자네가 아는 사람이라면 알아서 감수[19] 해 달라고 하시게."

---

19) 감수(監修): 책의 저술이나 편찬 따위를 지도하고 감독함

신 사장은 너무 기분이 좋았다. 그러니 현수가 하자는 대로 하려는 것이다.

―알겠습니다. 일단 계약서 작성해서 이메일로 보내주세요.

"알겠네. 그나저나 공사비는 어떻게 준다는가?"

―전액 현금으로 지불할 겁니다.

천지건설에는 돈으로 주고 콩고민주공화국에서 같은 가치의 지하자원을 받을 생각이다.

이것들은 조차지 건설에 사용된다.

"현금……? 콩고민주공화국에 그만 한 돈이 있을까?"

심히 의심스럽다는 억양이다. 이 나라에 대해 조사를 해보았다면 당연한 반응이다.

―제가 대신 지불할 테니 수금 걱정 안 하셔도 됩니다.

"뭐라고? 그게 무슨 소리인가?"

네가 왜 대신 희생을 하려느냐는 뜻이다.

―오늘 조차지에 관한 의회 의결이 있었습니다.

"오! 그래? 그건 어떻게 되었나?"

―결론부터 말씀드리자면 제가 원하는 대로 되었습니다.

"아……! 축하하네. 정말 축하해!"

진심이 담긴 말이라 기분이 좋았다.

―네! 거길 개발하려면 당분간 지하자원이 필요합니다. 무슨 뜻인지 아시죠?

회사는 현금으로 받아서 좋고, 조차지는 필요한 자원을 확보할 수 있으니 Win—Win이라는 뜻이다.

조차지에서 필요로 하는 양 이외의 것은 수출할 생각이다.

어디에, 어떤 자원이, 얼마나 묻혀 있는지 다 파악하고 있으니 시간만 필요할 뿐이다.

"아! 그런가? 알겠네. 알겠어. 그리고 고맙네."

신 사장의 음성은 떨리고 있었다.

잉가댐 건설공사는 온전히 현수의 공이다. 회사에서 한 거라곤 개선사항을 제시하고 견적서를 작성한 것밖에 없다.

40억 달러 이하라는 가이드라인을 확실하게 그어주었고, 그에 맞춰 견적했더니 네고 없이 계약하게 되었다.

그게 없었다면 가능한 낮은 금액을 만드느라 고생 고생했을 일이다.

잉가댐 공사는 콩고민주공화국이 발주하는 공사지만 조차지 개발공사는 현수가 건축주이다.

천지건설은 이제 단독으로 대한민국보다 훨씬 넓은 곳을 개발하게 된다. 얼마나 오래 걸릴지 알 수 없는 일이다.

총력을 기울여도 50년 이상이 걸릴지도 모른다. 허허벌판을 문전옥답으로 만드는 일 이상인 때문이다.

이 기간 동안은 굳이 다른 공사를 따내려고 애를 쓰지 않아도 된다. 따라서 천지건설은 길가다 금덩이를 주운 셈이다.

대표이사로서 너무도 기쁜 일이었지만 신 사장은 실감 나지 않았다. 그래도 심장이 벌렁벌렁거리는 느낌이다.

그렇기에 음성이 떨리고 있었던 것이다.

"그 공사도 우리가 하는 건가?"

—그럼요! 제가 누구에게 공사를 주겠습니까? 직원이나 많이 뽑아놓으세요. 조만간 인력난을 겪게 될 테니까요.

"아, 알았네. 일단 계약서 먼저 보내고, 총괄회장님께 보고 드리겠네. 그리고 나서 곧바로 날아가겠네."

마음 같아선 당장 비행기를 타고 싶었을 것이다. 그만큼 고양[20] 된 상태인 것이다.

하지만 말려야 한다.

—네? 에이프릴 증후군 때문에 출국 불가능하잖아요.

"아! 그렇지. 알겠네. 방법을 찾아보지."

—네에. 그러세요.

현수와 통화를 마친 신 사장은 곧바로 이어서 총괄회장에게 전화를 걸었다. 그러고는 기쁜 소식을 전했다.

그리고 얼마 지나지 않아 천지건설 본사가 들썩였다.

39억 8,500만 달러짜리 공사를 수주하였으니 기쁨의 환호성이 터져 나온 것이다.

이날 오후 늦은 시각에 내무부를 방문한 현수는 견적서를 제출했다.

가에탄 카구지와는 공사대금에 관한 의논을 했다.

조차지 제공 대가로 지불하는 30억 달러가 있지만 이를 공

―――――――――――――――――
20) 고양(高揚): 높이 쳐들어 올림. 정신이나 기분 따위를 북돋워서 높임

사비로 지불하지는 말라고 했다.

정부 입장에선 가뭄으로 인해 쩍쩍 갈라진 논바닥으로 흘러든 감로수와 같으며, 예상에 없던 것이다.

그러니 공사비로 지출하지 말고 그간 꼭 필요했으나 할 수 없었던 일에 투입하라고 하였다.

그럼 어쩌냐는 물음에 명쾌한 의견을 제시했다.

공사비를 대납할 테니 동부 광산지대에서 생산되는 각종 지하자원으로 달라고 했던 것이다.

콜탄, 구리, 아연, 코발트, 망간, 니오븀, 리튬 등이다.

가에탄 카구지는 크게 기뻐하였다.

국제시세대로 치러준다니 지하자원을 수출하는 것과 다름없는 일인 때문이다.

"아아! 고맙네. 정말 고맙네."

"고맙기는요."

부러 겸양을 부리자 손은 내젓는다.

"아닐세! 자네는 우리 공화국의 진짜 귀빈이네. 귀빈!"

카구지 장관은 대통령에게 기쁜 소식을 전했다. 전화를 바꿔 달라고 하여 또 한 번 치사[21]의 말씀을 들었다.

장관이 진정하자 현수의 눈빛이 진해졌다.

"말 나온 김에 몇 가지 제안을 드리겠습니다."

현수는 자리에서 일어나 콩고민주공화국 전도 앞에 섰다.

---

21) 치사(致謝): 고맙고 감사하다는 뜻을 표시함

본인의 키보다 훨씬 큰 정밀지도이다.

"콩고민주공화국이 발전하려면 여기부터 여기까지, 그리고 이곳에서 이곳까지 철도를 부설하는 것이 좋을 것 같습니다."

마타디항으로부터 동부 끝 탕가니카호에 이르는 동서도로와 국토 동쪽에 치우친 남북철도를 제안했다.

지하자원이 동부에 치우쳐 있기 때문이다.

그리고 그곳으로부터 조차지가 있는 마이은돔베주를 거쳐 킨샤사에 이르는 철도를 만들라고 하였다.

벽에 걸린 지도에 선을 그을 수 없었으므로 A4용지를 달라 하여 국토의 형상을 대강 그렸다.

그리고, 그 위에 비딱하게 자빠진 才 같은 표시를 하였다.

참고로, 재(才)는 '기본, 재주, 근본, 재능이 있는 사람'을 뜻하는 한자이다.

가에탄 카구지는 이게 대체 무슨 소린가 하는 표정으로 바라보았다.

동서철도의 총연장은 약 3,000㎞이다. 그리고 동부 광산지대를 잇는 남북철도는 1,600㎞ 정도이다.

마지막으로 조차지 인근을 거쳐 킨샤사에 이르게 되는 철도는 2,200㎞ 정도 된다. 국토의 균형 발전을 위한 사전 포석으로 도시가 있거나, 생길 만한 곳을 거치기 때문이다.

총 연장 7,800㎞짜리 철도 부설공사를 제안한 것이다.

$$* \qquad * \qquad *$$

아주 오래전 현수가 에티오피아 아와사 지역을 조차지로 얻을 때 '아와사—베르베라' 간 표준궤 철도공사를 제안한 바 있었다.

약 1,500km짜리였고, 그때의 공사비는 76억 2천만 달러였다. 1km당 약 508만 달러가 든 것이다.

이에 앞서 지나의 건설사가 수주했던 공사가 있다. '지부티—아디스아바바' 간 철도 공사이다.

지나의 건설사는 공사 중 여러 번 설계변경을 하는 수법으로 가난한 나라 에티오피아의 고혈을 빨아먹었다.

결국 1km당 810만 달러나 들였는데 하자가 너무 많아서 결국 천지건설에서 보수공사를 맡게 되었다.

지나의 건설사는 천지건설보다 1.7배 정도 더 받아 챙긴 것이 드러나 에티오피아에서 영원히 쫓겨났다.

이후 아디스아바바를 중심으로 한 거대 철도공사를 제안했었다. 약 8,000km였고, 1km당 515만 달러에 수주했다.

412억 달러짜리 초대형 공사였는데 천지건설은 이 또한 훌륭하게 완수해 낸 바 있다.

1km당 공사비가 이전보다 7만 달러가 더 많았던 이유는 중간중간 만들어지는 기차역과 경관 좋은 곳에 여러 휴게소들이 만들어진 때문이다.

참고로, 한국의 고속도로 휴게소 수준이었다.

그때는 2014년 4월의 일이다.

"흐음, 그거 공사비가 얼마나 되겠는가?"

말을 마친 가에탄 카구지는 입맛을 다시고 있다. 현수의 제안이 너무도 타당했기 때문이다.

돈만 있으면 당장에라도 시행하고픈 일이다. 물론 돈은 없다. 그래도 대략적일 규모라도 알고 싶었던 것이다.

'도로시! 내가 제안한 철도 공사비 얼마나 되지?'

'동서철도는 3,078㎞이고요. 남북은 1,588㎞, 그리고 비스듬한 노선은 2,119㎞가 정도가 되는 게 이상적이에요.'

'그래? 그럼 6,785㎞네.'

'맞아요! 동서철도는 67개의 역, 남북은 49개, 비스듬한 것은 58개의 역이 적당해요. 이것들을 모두 감안하고 물가상승률을 감안해서 견적을 내면… 1㎞당 523만 달러가 필요해요.'

'6,785 곱하기 523만을 하면 354억 7,555만 달러지?'

'정확해요.'

'건설사 이윤 포함인 거야?'

'물론이에요. 잉가댐 이익률 수준에 맞춘 거예요.'

기업 활동에 따른 정상적인 이윤과 예상치 못한 기후 등에 따른 돌발상황, 그리고 반군이나 맹수의 공격 등이 계산된 위험수당이 붙어 있다는 뜻이다.

'공사하는 사이에 인건비나 자재비가 상승하는 건?'

'과거의 데이터로 그것까지 계산되어 있어요.'

'그래! 알았어.'

현수는 도로시와 대화를 하는 동안 휴대폰의 계산기 어플을 가동하여 무언가를 계산하는 척했다.

가에탄 카구지는 말없이 현수의 계산이 끝나기를 기다리고 있었다.

곁에 있던 지윤과 이춘만 부장은 이게 대체 무슨 상황인가 하는 표정이다.

둘의 대화가 링갈라어로 이루어져 내용은 전혀 모르지만 일단 잉가댐과는 관련 없는 것은 확실하다.

현수가 그린 자빠진 '才' 자와 잉가댐은 아무런 관련이 없기 때문이다.

'이투리, 오투우엘레, 바우엘레, 북우방기, 몽갈라, 남우방기, 그리고 에카퇴르주의 면적과 인구를 표로 띄워줘.'

방금 현수가 언급한 곳은 콩고민주공화국 북부와 동부의 주(州)들이다. 현재는 정부군보다 반군의 세력이 훨씬 강한 곳이기도 하다.

'넵!'

말 떨어지기 무섭게 표 하나가 눈앞에 뜬다.

이투리 주	65,658㎢	4,334,755명
오투우엘레 주	89,683㎢	2,165,547명
바우엘레 주	147,331㎢	1,164,731명
북우방기 주	56,644㎢	1,736,944명
몽갈라 주	58,141㎢	2,014,780명
남우방기 주	51,648㎢	3,010,542명
에카퇴르 주	103,902㎢	1,954,117명
합 계	573,007㎢	16,381,416명

말없이 계산기를 두드리던 현수의 고개가 들리자 모두의 시선이 집중된다.

"제가 개략적으로 산출한 바에 의하면 총 연장은 6,785㎞ 정도이고, 이에 따른 공사비는 354억 7,555만 달러네요."

"크, 쿨럭~!"

가에탄 카구지는 묘한 소리를 냈다. 한 번도 생각해 보지 않았던 어마어마한 금액을 들은 때문이다.

콩고민주공화국의 2017년 국가예산이 28억 6,000만 달러이다. 그런데 이것의 12.4배에 달하는 어마어마한 금액을 들여 철도를 놓자고 하니 놀란 것이다.

그러거나 말거나 현수의 말은 이어지고 있었다.

"이 철도가 부설되면 콩고민주공화국은 비약적인 발전이 시작될 겁니다. 동부의 반군들을 소탕하기도 쉬워지고요."

동부에서 캐낸 지하자원의 이동이 쉬워진다. 산업개발이 용이해짐을 의미한다.

아울러 유사시 병력 이동이 수월하다.

현수가 철도를 제안한 것은 공사비용 때문인 것도 있지만 계속해서 들어가게 될 유지보수 비용 때문이다.

결론부터 말하자면 고속도로에 비해 철도가 훨씬 저렴하다.

잠시 현수의 설명이 이어졌다. 철도가 놓아졌을 때의 이득을 설파한 것이다.

"좋지요. 좋은데 우리나라는 한국이 아닙니다."

돈이 없음을 우회적으로 이야기한 것이다. 가에탄 카구지는 안타깝다는 표정이다. 할 수만 있으면 좋기 때문일 것이다.

"제가 알기로 동부와 북부지역 일부는 정부의 공권력이 제대로 작동하지 않습니다. 맞습니까?"

가에탄 카구지는 이내 고개를 끄덕인다.

"…부끄럽지만 그렇습니다. 반군들 때문이죠."

어제 습격했던 반군이 바로 북부에서 온 반군들이다.

"그럼 정부 입장에서 보면 동부와 북부지역 일부는 영토가 아닌 거나 마찬가지겠네요."

정부 공권력이 제대로 작동하지 못한다 함은 국민들로부터 세금을 징수하는 등의 일이 제대로 원활치 않는다는 뜻한다.

그리고, 어떤 나라든 남의 나라에서는 세금을 징수하지 못

한다. 따라서 동부와 북부지역 중 일부는 남의 나라나 마찬가지 아니냐는 뜻의 말이다.

"…맞습니다."

가에탄 카구지는 감추지 않고 인정했다.

"그렇다면 이쯤해서 제안을 드리지요."

"말씀하십시오."

"동부와 북부 지역 중 이투리, 오투우엘레, 바우엘레, 북우방지, 몽갈라, 남부방기, 그리고 에카퇴르주를 추가로 조차해 주십시오."

"네……?"

이번에도 전혀 생각지 못했던 말이기에 말꼬리가 확연히 올라간다. 눈도 커졌다.

"통계를 확인해 보니 면적은 57만 3,007㎢이고, 인구는 1,640만 명 정도가 거주하는 것으로 되어 있더군요."

가에탄 카구지는 잠시 대꾸하지 않았다.

현수의 입에서 통계자료 숫자가 언급되었으니 사전에 치밀한 조사가 있었다는 뜻이기 때문이다.

하여 잠시 현수에게 시선을 고정했다. 대체 어떤 의도냐는 표정이다.

"조차지가 넓으면 넓을수록 제가 해볼 일이 많아집니다."

제안이 받아들여지면 조차지 면적이 70만 1,007㎢로 늘어나게 된다.

세계 국토면적 순위로 따지면 40위에 해당된다. 프랑스나 스페인, 스웨덴보다 광활하며, 대한민국의 7배가 넘는다.

땅이 넓으면 할 게 많은 건 너무도 당연하다. 그래서 그런지 가에탄 카구지는 대꾸가 없다.

현수도 대답을 기대하지 않았는지 계속 말을 이어간다.

"제가 800만 명쯤 추가로 고용하면 실업률은 대폭 하락하고, 세수(稅收)는 매년 96억 달러가 늘어납니다."

인구의 절반을 생산 가능인구로 보고 있다는 뜻이다. 아울러 매달 소득세 8억 달러가 원천징수된다는 의미이다.

이미 조차가 결정된 마이은돔베주에서 걷히는 것까지 따지면 매년 108억 달러가 세금으로 걷힌다.

내년도 국가예산의 4배가량 되는 금액이다.

돈이 없어서 제대로 된 사업을 추진할 수 없는 것이 현실이기에 가에탄 카구지는 구미가 당긴다는 표정이다.

"그 땅을 조차해 주면 대가는 무엇입니까?"

현수는 대답 대신 비례식 하나를 적었다.

킨샤사 일부와 마이은돔베주를 조차한 대가는 30억 달러였다. 면적을 기준으로 비례식을 만든 것이다.

$$12만 8,000km^2 : 30억 달러 = 57만 3,007km^2 : x$$

가에탄 카구지의 능력으로는 암산이 불가능한 식이다. 하여 계산기를 두드려 X의 값을 구했다.

x = 134억 2,985만 1,562.5달러 ≒ 134억 3,000만 달러

가에탄 카구지는 약 134억 3,000만 달러라는 숫자를 보고 있다. 조금 전에 언급한 동부와 북부지역을 추가로 조차해 주면 제공하겠다는 금액일 것이다.

철도를 부설하는 비용 354억 7,555만 달러에는 크게 미치지 못하지만 정부 입장에선 꿈같은 숫자이다.

방금 전 요구했던 곳에 인접해 있는 초포주와 추아파주도 정부 입김이 세지 못한 곳이다.

각각의 면적과 인구는 다음과 같다.

초포 주	199,567㎢	2,746,112명
추아파 주	132,940㎢	1,551,547명
합 계	332,507㎢	4,297,659명

가에탄 카구지는 주무장관답게 두 주의 면적과 인구를 꿰고 있다.

"초포와 추아파주가 추가되는 건 어떻게 생각합니까?"

이렇게 되면 국토의 중북부와 동북부 전체가 망라된다. 대부분 반군들이 장악하고 있는 지역이다.

바우엘레, 북우방기, 몽갈라, 남우방기, 그리고 에콰퇴르주는 어제 습격을 감행했던 음바페 카투라가 장악한 곳이다.

이곳에 다른 반군들도 포진해 있지만 세력이 약하다.

이밖에 이투리와 오트우엘레, 그리고 초포주도 다른 반군들의 땅이다.

이들 8개 주는 법률적으로 콩고민주공화국의 영토이다.

하지만 정부의 입김이 거의 먹히지 않으니 현재로선 남의 땅이나 마찬가지인 곳이다.

세금도 반군들이 징수하는 상황이다.

가에탄 카구지는 지도에 시선을 주었다. 현수는 지금 반군들의 땅을 달라고 한다.

대가는 막대한 현금이다. 당연히 구미가 당긴다. 하여 어찌해야 하는 표정을 짓고 있다.

그러거나 말거나 현수는 도로시를 호출했다.

'도로시 면적과 인구 얼마지?'

말 떨어지기 무섭게 위의 표가 현수의 눈에 뜨인다.

현수는 암산을 마치고 다음과 같은 식을 썼다.

12만 8,000㎢ : 30억 달러 = 90만 5,514㎢ : x

33위인 베네수엘라(91만 2,050㎢)와 34위인 나미비아(82만 4,292㎢) 사이의 크기이다.

그리고 대한민국 국토의 9배 정도 된다.

$$x = 212억 \; 2,298만 \; 4,375달러 ≒ 212억 \; 2,300만 \; 달러$$

인구가 늘었으니 고용인원도 늘어날 것이다.

현수가 200만 명을 추가로 고용한다면 연간 세수는 24억 달러가 늘어난다.

조차지에서 징수되는 소득세만 132억 달러니까 2017년 국가예산의 4.7배 정도이다. 이렇게 되면 나머지 국민들로부터 세금을 한 푼도 걷지 않아도 된다.

먹지 않아도 배가 부른 느낌이다. 그래도 냉철하게 따질 것은 따져봐야 한다.

"조금 아까 말한 철도 공사비용은 어떻게……?"

가에탄 카구지 장관의 말은 끝을 맺지 못하였다. 준비된 대답이 나왔기 때문이다.

"방금 이야기된 두 개 주까지 포함하여 조차해주신다면 전부 제가 부담하지요."

"네? 뭐라고요?"

언급된 땅을 모두 조차해 준다면 현수는 30억 달러 이외에

212억 2,300만 달러를 추가로 내놔야 한다.

그런데 철도 공사비는 354억 7,555만 달러나 된다.

무려 142억 5,255만 달러나 차이가 있다. 16조 7,574억 원 정도 되는 거금이다.

참고로, 2016년 초의 SK 시가총액은 16조 6,402억 원이고, 기아자동차 시가총액은 15조 2,214억이었다.

어쨌거나 철도 공사비용이 월등히 많기에 카구지는 눈을 크게 뜬다. 뭔가 맹점이 있나 싶었던 것이다.

이때 쐐기를 박는 말이 있었다.

"대신 전체 조차기간을 50년 더 늘려주십시오."

"으으음……!"

『전능의 팔찌』 2부 12권에 계속…